Narratori Feltrinelli

Amets Arzallus Antia
Ibrahima Balde

Fratellino

Traduzione di Roberta Gozzi

Titolo dell'opera originale
MIÑAN

Traduzione dal basco di
ROBERTA GOZZI

Prima edizione ne "I Narratori" aprile 2021
Terza edizione gennaio 2024

Stampa Grafica Veneta S.p.A. di Trebaseleghe - PD

ISBN 978-88-07-03436-7

FSC
www.fsc.org
MISTO
Carta
da fonti gestite in
maniera responsabile
FSC® C021883

GRAFICA VENETA
GV CARBON NEUTRAL

Questo libro è stampato da Grafica Veneta S.p.A.
con un processo di stampa e rilegatura certificato 100% carbon neutral
in accordo con PAS 2060 BSI

Fratellino,
ti racconterò la mia vita.

Questo libro è stato scritto a voce da Ibrahima Balde,
e a mano da Amets Arzallus Antia.

GUINEA

Grazie mille agli amici, ai familiari
e a tutti quelli che ci hanno aiutato in questo cammino.

Non ho avuto il tempo di imparare a scrivere. Se mi dici Aminata, so che inizia con la A, se mi dici Mamadou, penso che inizi con la M. Però non chiedermi di costruire una frase intera, perché appena comincio mi ingarbuglio. Piuttosto, portami un attrezzo, per esempio una chiave di quelle che si usano per aggiustare i camion, e lasciala su quel tavolo. Io ti dirò subito: "Questa è del tredici" oppure "è del quattordici". Anche se tu coprissi il tavolo di chiavi e mi bendassi gli occhi, dopo averla presa in mano, ti direi: "Questa è dell'otto".

Prima parte

1.

Io sono nato in Guinea, ma non in Guinea-Bissau e nemmeno in Guinea Equatoriale. C'è un'altra Guinea, quella che ha come capitale Conakry. Confina con sei Paesi. Te ne dirò tre: Senegal, Sierra Leone e Mali. Lì mi è toccato nascere.

Sono di etnia fula, e la nostra lingua è il pulaar, ma posso parlare anche in maninka. E me la cavo anche con il susu. In Guinea si parlano venticinque lingue. Con il francese, ventisei. So anche quello, perché l'ho imparato a scuola. Ma io sono fula e in pulaar conosco tutte le parole. In susu, più di mille. E in maninka un po' meno che in susu. In francese non so quante parole conosco.

In susu, pane si dice *tami*, e padre *baba*. In maninka mamma si dice *na* e dolore *dimin*. Quando mi ha messo al mondo, mia madre è stata sul punto di morire, perché pesavo troppo e aveva perso molto sangue. In pulaar, sangue si dice *yiiyan* e mondo *aduna*.

Io sono nato a Conakry perché mio padre viveva lì, ma dopo pochi giorni siamo tornati al villaggio, a Thiankoi. Thiankoi è lontano dal mare e vicino a Kankalabé. Il nome della regione è Mamou e quello della prefettura Dalaba. Io ho vissuto lì fino ai cinque anni con mia madre. Mio padre tornava al villaggio nella stagione delle piogge, a marzo, per aiutare mia madre a lavorare la terra. E, dopo di me, sono nati un fratello e due sorelle.

In casa avevamo dodici o tredici mucche, e io aiutavo mia madre con gli animali. A volte, mi mandava a prendere l'acqua e andavo al pozzo, *puiser de l'eau*. Facevo vari lavori, come lavare i panni o altre faccende. Questo è, più o meno, quello che ricordo di mia madre allora. Quando ho compiuto cinque anni, mio padre è venuto a prendermi.

2.

Mio padre vendeva pantofole. Le vendeva per strada, erano pantofole da casa, *des repose-pieds*. La casa non è un posto dove mettersi a correre. Il banchetto con le pantofole era a cinquecento metri da dove abitavamo, un piccolo tavolo a un angolo della strada. Mio padre stava lì tutto il giorno. Ogni tanto veniva qualcuno e si mettevano a parlare, prima delle pantofole e poi di soldi. Allora mio padre diventava molto allegro. Ma l'allegria non durava a lungo. E, dopo aver parlato di soldi, da sotto il tavolo prendeva due pezzi di bambù e faceva un piccolo foro a ognuno di essi. Un pezzo lo teneva lui e l'altro se lo portava via il cliente. Il debito dipendeva dalle dimensioni del buco. Mio padre aveva molti di quei pezzi di bambù sotto il tavolo. Diceva che, un giorno, avrebbe smesso di vendere pantofole e avrebbe iniziato a suonare il flauto, ma continuava a vendere pantofole.

Ogni tanto andava a pregare e io rimanevo da solo al banchetto. La gente si avvicinava e si fermava a guardare le nostre pantofole. Ma io dicevo loro: "Non te le posso vendere, il vecchio non c'è, devo aspettare lui". Io non conoscevo bene i colori dei soldi e non sapevo quanto valesse ogni biglietto. Ero molto piccolo. Allora restavamo ad aspettare il vecchio. Il vecchio era mio padre, si chiamava Mamadou Bobo Balde.

Ho vissuto con mio padre dai cinque fino ai tredici anni, a Conakry. Da cinque a tredici ci sono otto numeri, ma da Conakry fino al nostro villaggio ce ne sono di più, più o meno quattrocentotrenta. Troppi per andarci da solo. Con le pantofole non si può camminare tanto. Così mi diceva mio padre, non ci sarei mai arrivato. Quindi rimanevo accanto a lui, al nostro banchetto sul ciglio della strada, senza vedere mia madre.

Avevo un amico, più grande di me, che mi voleva molto bene. Mi diceva che, se avevo bisogno di qualcosa, potevo chiedere a lui. A volte gli chiedevo delle scarpe e me le dava. Altre volte gli chiedevo qualcosa da mangiare e lui me lo portava. Mi trattava come un fratello piccolo. Quell'amico si chiamava Muhtar. Una volta, gli chiesi di scrivere una lettera a mia madre, e lui la scrisse. Andammo tutti e due alla stazione di Conakry e la consegnammo a un'altra persona perché la portasse fino al villaggio. Non so se ci andò in bicicletta o in autobus, ma so che arrivò. La distanza non è un problema per una lettera.

Penso spesso a mia madre. Mia madre si chiama Fatimatu Diallo e sono mesi che non parlo con lei. Non sa nemmeno che sono arrivato in Europa.

3.

Non mi piace dirlo, ma io avevo paura di mio padre. Mi diceva: "Ibrahima, non fare quello" e io non lo facevo. Ma a volte mi dimenticavo e lo facevo. Allora, mio padre aveva un'abitudine. Si toglieva la cintura e mi ordinava: "Ibrahima, sdraiati a terra". Io gli dicevo: "*Dacor*" e mi dava cinque cinghiate. O dieci.

Capivo bene perché mi picchiava, e provavo, la volta dopo, a non farlo più.

Mio padre non era mai andato a scuola e per quello si arrabbiava tanto quando io non ci andavo. La sera mi chiedeva sempre: "Ibrahima, oggi sei andato a scuola?". E io gli dicevo la verità: "Sì, ci sono andato". Oppure: "No, papà, non ci sono andato, sono rimasto con i miei amici a giocare a pallone". Ma, ancora prima che io rispondessi, mio padre sapeva già tutto, perché tornavo con i pantaloni sporchi. Allora, quando rientrava dalla preghiera della sera, appena messo piede in casa, mi diceva: "Ibrahima, lo sai già". Mi sdraiavo per terra e lui si toglieva la cintura. Mi dava cinque cinghiate. Oppure dieci. Fino a scaldarmi la schiena. Poi si rimetteva la cintura, recitavamo una preghiera e andavamo a dormire.

Io volevo bene a mio padre. Anche mio padre voleva bene a me.

Al mattino era sempre lui a svegliarmi. Mi si avvicinava e diceva: "Ibrahima, è ora di alzarsi". Io mi alzavo, pregavo e andavo a scuola. La scuola non era per niente facile, l'unica cosa che ci insegnavano era il francese. Il francese e altre tre cose. Una, come attraversare la strada. "Bisogna prima guardare a sinistra, poi a destra, e poi si attraversa." Me lo ricordo bene. Due, abbiamo imparato a rispettare le persone. Tutte le persone vanno rispettate, *parce que c'est comme ça*. E tre... me la sono dimenticata, non mi ricordo, ma credo che fosse importante. Queste sono le tre cose che ho imparato a scuola.

La scuola era pubblica ma, prima di finire il sesto anno, smisi di andarci perché non avevo appoggi. Gli appoggi sono i soldi, e il denaro è sempre necessario. Io avrei voluto continuare ad andare a scuola ma non è stato possibile.

4.

Mio padre era un buon uomo, ma aveva una malattia, il diabete. Andavamo spesso in ospedale e quindi non potevamo stare al nostro banchetto. In quel periodo le vendite diminuirono molto. E rimanemmo senza soldi.

Mio padre aveva iniziato a fare domande difficili: "Ibrahima, come faremo adesso? Io non sto molto bene e tu sei ancora un bambino". Io gli rispondevo: "Vecchio, smetterò di andare a scuola e cercherò di guadagnare dei soldi". Ma lui non voleva. "Tu sei piccolo," ribatteva, "per te è troppo presto, quello lo farai più avanti." Ma "più avanti" non sempre arriva.

Un pomeriggio tornai dalla scuola alle sei zero zero. Entrai in casa, mi lavai un po' e uscii per andare da mio padre. Ma quel giorno mio padre non sembrava lui. "Ibrahima, ho freddo," mi disse. "*Dacor*," gli risposi, "vado a casa a prendere una giacca, dammi tre minuti." "Fai presto," mi disse. Ritornai con una giacca e una sedia, lui si sedette e rimase lì, seduto. Iniziai a raccogliere la mercanzia, ma quel giorno mio padre non sembrava lui.

Quando tornammo a casa mi chiese se avevo fame. "No, sto bene," gli risposi. "Allora andrò alla moschea, una preghiera e torno a casa." "*Dacor*," gli dissi, "ti aspetterò qui." Quando tornò a casa, mi chiese se avevo pregato. Gli dissi di sì, ma era una bugia.

Da allora mi ricordo spesso di quella bugia. Non gli dissi la verità, perché la verità era molto triste. Mentre lui pregava io ero rimasto a pensare. "Se resto senza mio padre, la mia vita è finita. Lui è l'unico che mi può aiutare, l'unico che ha un po' di soldi per pagarmi gli studi." Avevo pensato tutte queste cose. Ma non glielo dissi. Recitammo un'altra preghiera e andammo a letto. Saranno state le ventuno zero zero.

Alle ventitré zero zero mio padre si svegliò. Io non dormivo.

"Ho un forte mal di testa," mi disse. Mi diede un biglietto da mille franchi e mi mandò a prendere una medicina. "Paracetamolo," mi disse. Quando uscii per strada era tutto buio, i negozi erano tutti chiusi. Percorsi l'intero viale, più o meno tre *kilo*, ma inutilmente. Tornai a casa senza paracetamolo. "Non importa," mi disse mio padre, "passerà," ma lo toccai e scottava. Rimanemmo così, uno accanto all'altro, per un po'. E io mi addormentai.

Mi svegliai alle sei del mattino. Mi resi conto che mio padre dormiva ancora. "Papà," gli dissi, "è già mattino, di solito sei tu a svegliarmi, ma oggi non l'hai fatto." Non mi rispose. Glielo ripetei tre volte, ma non mi rispondeva. Poi toccai il suo letto con la punta delle dita, per vedere se si svegliava, ma lui non si muoveva. Gli misi una mano sotto il mento e fu come toccare il ghiaccio. Gli toccai tutto il corpo. Tutto gelato. "Papà," iniziai di nuovo, "è già mattino, di solito sei tu a svegliarmi, ma oggi non l'hai fatto." Non mi rispose e iniziai a spaventarmi.

In questi casi non so cosa bisogna fare, così uscii di casa gridando: "*Faabo, faabo*". Queste parole, nella nostra lingua, significano "ho bisogno di aiuto". Vennero i vicini e mi chiesero: "Ibrahima, cosa succede?". "Mio padre ha qualche problema," gli spiegai, "entrate a vedere."

Un vicino chiamò un altro vicino, e questo un altro ancora. In poco tempo in casa c'era un gran movimento. A un certo punto, qualcuno andò a chiamare l'imam. Quando arrivò, guardò prima mio padre, poi me. Poi di nuovo mio padre. Allora mi si avvicinò e mi disse: "Ibrahima, devi venire con me". "Non posso," gli risposi, "devo rimanere qui." "No, Ibrahima, verrai con me, non puoi rimanere qui," insistette l'imam. "Non importa," gli dissi, "succeda quel che succeda, io rimarrò qui con mio padre."

Mi sembrava che mi stessero nascondendo qualcosa e dissi: "Sono stato io a uscire di casa in cerca d'aiuto. Se succede qualcosa, credo di dover sapere qual è il problema". Mi risposero che mio padre aveva smesso di vivere.

5.

Adesso lo so che quando qualcuno muore diventa freddo. O forse prima diventa freddo e poi muore, su questo ho dei dubbi. Volevo andare da mia madre a spiegarle questa cosa e a chiederle dei consigli. Per esempio: "Mamma, cosa posso farne adesso della mia vita?".

A Conakry avevo un vecchio zio, il fratello maggiore di mio padre, e andai da lui. Gli spiegai che mio padre era morto e che volevo tornare al villaggio da mia madre, ma mi rispose che non aveva denaro. "*Oke*," gli dissi, e tornai a casa.

La nostra casa era piccola, una sola stanza. Non c'era nemmeno la cucina. Un angolo per pregare e un letto per dormire. Io dormivo per terra, su un tappeto.

Mio padre pagava centomila franchi guineani al mese per l'affitto. Centomila franchi guineani sono dieci euro. Sì, dieci. Detto così sembra facile, ma per me non lo era per niente. Come avrei potuto pagare l'affitto? E come potevo pagare l'autobus per tornare da mia madre? Mi sedetti sulle scale e rimasi a pensare a queste due cose. Soprattutto alla seconda. E avevo anche un terzo pensiero che non potevo cacciare via, mio padre e la sua morte di ghiaccio. In quel momento, piansi.

Alla fine venne un vicino. E poi un altro. E un altro ancora. Non erano ricchi, vivevamo tutti in un grande condominio, *dans la haute banlieue de Conakry*. Ma avevano un grande cuore. Mi appoggiarono una mano sulla testa e riunirono il denaro necessario perché io tornassi da mia madre. "*Jaarama buy*," dissi loro. *Jaarama buy*, nella nostra lingua, significa "grazie mille". "Non c'è di che," mi risposero, e mi augurarono buona fortuna. Respirai tutta la fortuna possibile e uscii di casa.

6.

A Conakry c'è una grande stazione, noi la chiamiamo *gare-voitures. Gare-voitures de Bambetto*. I pullman per il nostro villaggio partono il lunedì e il giovedì, alle sei del pomeriggio. Ma non arrivano fino al villaggio, si fermano a Kankalabé. Da lì bisogna continuare a piedi fino a Thiankoi. Altri nove *kilo*. Partii da Conakry un giovedì e arrivai a Thiankoi il venerdì pomeriggio, faceva buio.

Quando entrai in casa non riuscii a dire nemmeno una parola, ma mia madre, appena mi vide, capì che era successo qualcosa. "Ibrahima, cos'hai?" mi chiese. "Non sto bene, mamma," le risposi, e rimasi in silenzio. Restammo a guardarci per un po'. "Credo che tu mi stia nascondendo qualcosa," mi disse.

Prese una sedia e si sedette accanto a me. Iniziammo a parlare. Parlammo a lungo del diabete di mio padre, e poi di cosa stavo imparando a scuola. "Ibrahima, se tuo padre ha smesso di vivere, me lo devi dire." "Certo," le risposi, e lei capì tutto. Allora iniziò a piangere, a singhiozzare, e a raccontarmi storie di mio padre. Un po' me ne pentii. Io non volevo dirle quella sera che il papà era morto, sapevo che avrebbe pianto molto e che avremmo svegliato tutti gli altri. Ma non fui capace di tenere nascoste le parole. Così restammo lì fino all'alba, seduti su una sedia, uno accanto all'altra.

Al mattino, prima si svegliarono le mie sorelle più piccole, Fatumata Binta e Rouguiatou. Poi mio fratello, anche lui più piccolo di me, Alhassane. Quando li vidi, mi si spezzò il cuore, mi resi conto che eravamo una casa senza speranza. E io ero il più grande della famiglia. Sai cosa significa questo.

Mia madre mi mostrò una vecchia fotografia di mio padre. "Papà," dissi, e lei non mi disse nulla. "Mamma," aggiunsi poi, "adesso non potrò continuare ad andare a scuola." E lei non mi rispose.

7.

Mia madre ha molta pazienza, ma non ha altrettanta forza. Quando dico forza intendo dire possibilità, e quando dico possibilità intendo denaro. Mia madre è un'umile contadina, alleva qualche animale. Ha qualche mucca, alcune capre e un piccolo orto. Nient'altro.

Quando le dissi che papà era morto, "Ibrahima, venderò due mucche," mi propose. "Con quello potrai iniziare a far qualcosa." Io le dissi di no, le mucche servivano alla famiglia, perché dietro di me c'erano altri tre bambini, ma non mi diede retta.

Dopo tre giorni, "Ibrahima, prendi questi soldi," mi disse, "novecentomila franchi". Novecentomila franchi guineani sono novanta euro. "Questo denaro deve essere investito," mi precisò, e io sapevo cosa voleva dire. "Mamma, io non sono adatto per il commercio," le spiegai. "Inoltre, ci ho pensato un po', e la cosa migliore sarà andare in un altro paese, qui non ci sono possibilità." Si prese la testa fra le mani e iniziò a piangere. Mi chiese se volevo andarmene da casa. "No, mamma, non è questo."

Alla fine capì le mie parole e mi disse: "*Dacor*". "*Dacor*" e altre due cose. Una, "Ibrahima, abbi cura di te". E due, "pregherò tutti i giorni che Dio ti protegga". "*Jaarama buy*," le risposi, grazie mille. E partii per Conakry.

8.

Dalla stazione di Conakry partono molti pullman, per tutte le direzioni. Mi sedetti su una panchina a guardare il movimento. “Andrò in Liberia,” pensai. Non so perché, forse per il nome, perché è facile da pronunciare. Sierra Leone è più lungo, e anche Costa d’Avorio. Inoltre qualcuno mi aveva detto che, per un bambino, ci sono più occasioni di lavoro in Liberia. Penso di averla scelta anche per questo, anche se io non ero già più un bambino. Avevo tredici anni.

Sul parabrezza di un minibus lessi: Li-be-ri-a. Ma, quando mi avvicinai all’autista, mi fece cenno di no con la testa: “Non posso portarti, sei troppo piccolo”. “Tredici anni,” gli dissi io. “Sei troppo piccolo,” ripeté.

Dopo aver insistito un po’, mi chiese se lì avevo dei parenti. Gli risposi di no. “E perché ci vuoi andare?” “Hai un po' di tempo?" gli chiesi. "Il minibus parte da qui fra ventotto minuti," mi precisò. "*Oke*," e iniziai a raccontargli la mia storia.

Ascoltò tutto con attenzione. "Ti porterò," accettò, "ma dovrai viaggiare sul tetto del minibus, *dans le porte-bagages*." "Grazie mille," gli dissi. E iniziai a salire sul tetto. In Africa non è come qui, là le merci viaggiano sopra l'autobus.

Tutti i bagagli erano al centro e io stavo seduto in un angolo, le gambe penzoloni. Il viaggio fu lungo, tre giorni. Mi faceva male il sedere e mi scottava la fronte. In tre giorni pensai a un sacco di cose. Una, perché avevo scelto la Liberia. Due, cosa avrei fatto una volta arrivato là. Tre, come avevo potuto lasciare mia madre, Alhassane, Fatumata Binta e Rouguiatou a casa. E quattro, "Quando arriveremo?".

Quando il minibus iniziò a frenare era l'alba. "Monrovia," gridò qualcuno e tutti scesero dalla scaletta. Poi, il giovane autista salì sul *porte-bagages* e iniziò a lanciare a ciascuno la sua valigia. "Anche tu devi scendere qui," mi ordinò. "*Oke*," gli risposi, e con un salto balzai a terra.

9.

In Liberia le parole cambiano molto, soprattutto la musica delle parole. Lì la gente utilizza un'altra lingua. Chiamano *market* il mercato, e a Monrovia c'è un grande *market*, che si chiama Watazai. Questa parola credo sia francese, *Watazaai*. In francese quella "a" bisogna allungarla un po'. In inglese si dice *Waterside*, il paese vicino all'acqua.

Watazai è un mercato impressionante, i miei occhi non hanno mai visto niente di simile. Si mescolano tanti strani odori e la gente porta dei carichi così grandi sulle spalle da non riuscire a muoversi. Io iniziai ad aiutare quelle persone.

Se vedevo qualcuno con un carico troppo pesante, prendevo una borsa e mi avvicinavo. Poi mi pagavano qualcosa. Tre dollari liberiani, sette dollari liberiani, o quindici dollari liberiani. E poco a poco iniziai a guadagnare qualche soldo.

A tredici anni, portare carichi non è un lavoro facile. Io ero ancora piccolo e gli scatoloni che dovevo trasportare erano molto grandi. Gli scatoloni erano pieni di frutta, a volte ananas, altre volte avocado. Oppure di vestiti. E ce n'erano altri che non so cosa contenessero, ma mi lasciavano senza forze. "Non ce la faccio," dicevo alla persona, "questo scatolone è più forte di me!" "*Oke*," mi rispondevano, "cercheremo un altro," e non mi pagavano.

Dopo un po', la gente di Watazai iniziò ad avere più confidenza e mi chiamavano per nome. "Ibrahima, vieni ad aiutarmi a portare questo *colis*" oppure: "Ibrahima, prendi questi soldi". Questo per me è importante, perché è segno di vicinanza. Ma, la sera, tutti quelli che mi conoscevano sparivano, e io rimanevo solo. Allora tornavo alla stazione. Lì, aprivo dei cartoni e mi facevo un piccolo letto. In Liberia ho imparato a dormire per strada.

Ho vissuto così per tre mesi, lavoravo al mercato e dormivo in stazione. Alla fine, persi un po' la nozione del tempo. Quindi, quello che ti voglio raccontare adesso non so esattamente che giorno è successo, ma so che era un fine settimana, sabato o domenica.

Vidi un uomo in un garage. Faceva il meccanico e aveva le mani sporche. Rimasi a guardarlo, e lui a guardare me. "Sei guineano?" mi chiese. "Sì," io. "Siamo in due," lui. Mi girò le spalle e continuò a lavorare. Due minuti, forse tre. Mi guardò di nuovo e mi chiese: "Perché sei venuto in Liberia?". "Per pianificare il mio futuro," gli risposi. "Tuo padre o tua madre vivono qui?" "No." "Hai un lavoro?" "Aiuto la gente al mercato a portare pacchi." "E pensi di poter pianificare il tuo futuro in questo modo?” “No, ma non ho altra scelta.” Rimase di nuovo in silenzio e restammo così a lungo, io a guardarlo e lui al lavoro.

“Anch’io preferirei avere un lavoro!” osai dire. Non mi rispose. Stava aggiustando il motore di un camion. Quando finì, alzò la testa e mi chiese: “E che lavoro ti piacerebbe fare?”. “Vorrei fare il camionista, fin da piccolo mi piacciono i camion pesanti e se vedo un giovane che guida un camion resto a guardarlo.” Glielo dissi tutto di un fiato e senza fermarmi. “Io sono un autista di camion,” mi rispose, “ma tu sei troppo giovane per prenderti come apprendista. Quanti anni hai?” “Tredici.” “Sei troppo piccolo.” “Lo so, ma me la caverò, lei può chiedermi di fare tutto quello che sono in grado di fare e io lo farò.” Glielo ripetei due volte, forse tre, e mi disse di aspettare, che aveva bisogno di un po’ di tempo per pensarci. “*Oke*,” gli risposi. E ritornai al mercato.

10.

Passai ancora tre giorni a trasportare cartoni pieni di frutta. Mi faceva male la schiena. Era martedì, o mercoledì, non lo so. L’uomo che avevo conosciuto in quel garage venne al mercato, ma io non lo vidi. Stavo trasportando un grosso pacco. Lui mi seguì, ma io non me ne accorsi. Quando posai il pacco, mi chiamò: “Ibrahima” e girai la testa.

“Hai pranzato?” mi chiese. “No,” gli risposi, e mi portò a un ristorante vicino. Chiese un po’ di riso per entrambi e mangiammo così, seduti uno di fronte all’altro, dallo stesso piatto. “Ibrahima, non voglio più vederti fare questo lavoro, è troppo pesante per te.” “Lo so, ma non ho altra scelta, per questo lo faccio.” “Se vuoi, vieni con me. Ti prenderò come apprendista.”

Quella frase è stato il primo contratto di lavoro della mia vita.

Il nome di quell'uomo era Tanba Tegiano, e quello del camion che guidava Behn. Behn era un camion molto grande e io ero troppo piccolo per guidarlo, ma facevo molte altre cose. Cambiavo l'olio, gonfiavo le gomme e lo aiutavo a legare il carico. Quando non riuscivo a stringere bene, mi ci sedevo sopra. "Così si muoverà meno," diceva Tanba.

Durante i sei mesi che rimasi da lui come apprendista capii tante cose dei camion. Anche delle persone. Per esempio, Tanba non era musulmano, non leggeva i versi del Corano e non faceva le cinque preghiere quotidiane. Giocava in un'altra squadra, con i cattolici. I cattolici hanno altre tattiche, altre abitudini. Tutto questo me lo spiegò Tanba. E io: "Tranquillo, Tanba," gli dissi, "il tuo Behn è un camion molto grande e dentro ci sta tanta gente".

Tanba era un buon uomo, non so come ringraziarlo per tutto quello che ha fatto per me. Mi ha dato da mangiare, mi ha dato dei vestiti e una famiglia. Ho vissuto nella sua casa per sei mesi. Tanba, sua moglie e i due figli, quattro persone in tutto. Cinque, con me. Loro dormivano in una stanza e io in sala, sul tappeto.

Un giorno chiamai a casa.

Rispose mia madre, "*Alo?*". Le chiesi come stava e mi rispose: "*Jam tun*". In pulaar questa parola significa "bene". Poi passò il telefono a mio fratello piccolo e lui non mi disse "*jam tun*". "Ibrahima, la mamma non sta bene, ha problemi di salute. Io non capisco bene, ma sono un po' preoccupato, se puoi, devi tornare a casa." "*Oke,*" gli riposi, e nell'appoggiare il telefono la mano mi si congelò un po'. Cercai di dire qualcosa a Tanba.

"Tanba, mia madre non sta bene, ho bisogno del tuo permesso per tornare in Guinea." "Ibrahima, hai appena iniziato a capire qualcosa del mondo dei camion pesanti e adesso te ne vuoi andare?" "No, non è così," gli spiegai, "io voglio rimanere qui, ma devo andare, mia madre è molto malata, me l'ha chiesto Alhassane di tornare." Tanba rimase in silenzio e mi disse: "Lo so", ma io non capii cosa sapesse. "Se vuoi chiamiamo di nuovo," insistetti io, "parla tu con mia madre, o con Alhassane, per capire perché devo tornare." Rimase di nuovo in silenzio. Poi: "Lo so," mi disse, "capisco, se proprio devi andare, ti aiuterò".

Mi diede un grande sacco, pieno di vestiti. E un po' di denaro. Misi i soldi in tasca, il sacco sulle spalle e tornai a Conakry. A Conakry presi il pullman per Kankalabé. E da lì a Thiankoi, a piedi.

11.

Quando arrivai a casa, trovai mia madre molto debole. "Ti porto all'ospedale," le dissi. "All'ospedale? E come?" mi chiese. "Tu stai tranquilla, mamma, io so come fare." Sai come l'ho portata? Così, sulla schiena, a spalle.

Da casa nostra all'ospedale ci sono nove *kilo*, quasi dieci. Abbiamo fatto tutta la strada a piedi, e ogni passo era un'impresa. Quando non ce la facevo più, mi abbassavo e lasciavo mia madre per terra, per riposare un po'. Poi mi mettevo a quattro zampe e le dicevo: "Sali". La caricavo in spalla, e avanti. Mio fratello piccolo camminava accanto a me. Ogni tanto diceva: "Non manca molto". Lo disse almeno sette volte, "non manca molto". Alla fine arrivammo.

In ospedale, rimanemmo in sala d'attesa tre o quattro ore. A un certo punto, venne un medico e ci disse che nostra madre tratteneva troppi liquidi nel corpo. "Per lo meno due litri d'acqua," precisò. Ci prescrisse dei farmaci e "potete andare," ci ordinò. "La nostra casa è lontana da qui," gli dissi.

"*Oke*," capì, "vostra madre la porterò io in moto, ma voi andrete a piedi." "*Dacor*," gli rispondemmo io e Alhassane.

Percorremmo la strada di ritorno parlando, parlavamo e camminavamo molto più leggeri.

Prima dentro la sua pancia, per nove mesi, forse più. Poi attaccato al suo seno, o sulla schiena, per quanti anni? Pulisce il tuo corpo, ti dà da mangiare, finché a un certo punto diventi grande. Per questo, noi fula della Guinea abbiamo un detto, che fa così:

Anche se prendi tua madre sulle spalle
e la porti a piedi fino alla Mecca,
non avrai ripagato neanche un centesimo
di tutto quello che lei ha fatto per te.

12.

Io, se avessi potuto scegliere, avrei preferito non essere il figlio maggiore. Forse il secondo, o l'ultimo, ma non il primo. Questo probabilmente avrebbe cambiato un po' le cose. Ma l'ha deciso Dio e io non posso dire niente. Nella nostra casa io sono arrivato prima e Alhassane dopo.

Quando sono tornato dalla Liberia, Alhassane era ancora un bambino, ma aveva iniziato a capire le cose. Mi sembrava che, nel poco tempo che io ero stato via, fosse cresciuto molto. È una cosa che succede spesso quando sei il più grande della casa, la responsabilità allunga il corpo. Inoltre, tutti i suoi insegnanti dicevano: "Questo bambino capisce le cose molto alla svelta".

Il giorno che avevamo portato mia madre all'ospedale, mi aveva chiesto: "*Koto*, cosa farai tu adesso?". *Koto*, nella nostra lingua, significa "fratello maggiore". "Finché la mamma sarà malata, io rimarrò a casa," gli avevo risposto, "non tornerò in Liberia." Alhassane non aveva detto niente, ma si era rallegrato molto. Aveva sorriso, con le labbra. E con gli occhi.

Alhassane usciva presto al mattino per andare a scuola, perché da casa c'era tanta strada da fare. Più o meno nove *kilo*. E i suoi passi erano corti. Aveva undici anni. Un giorno gli portai una vecchia bicicletta, e con quella ci metteva meno tempo. Quando tornava a casa, se vedeva che ero al pozzo a lavare i panni, veniva da me e iniziava ad aiutarmi senza dire niente.

Alhassane sapeva bene quali erano le nostre possibilità. E non pretendeva mai nulla. Io capivo quando voleva qualcosa, per esempio delle scarpe nuove, o dei vestiti belli, come quelli che vedeva addosso ai suoi amici. Ma non chiedeva mai niente, sapeva che non potevamo permettercelo. Io vedevo tutto nei suoi occhi e cercavo di dargli quello che potevo perché andasse a scuola contento. Mio padre mi aveva lasciato quel compito: "Ibrahima, fai tutto il possibile perché Alhassane possa continuare a studiare".

Adesso ricordo spesso quella frase.

13.

Alla fine rimasi a casa due anni. Spesso mia madre si alzava senza forze e dovevo aiutarla a sdraiarsi sull'amaca. In quei giorni io diventavo la mamma. Andavo al pozzo a prendere l'acqua e portavo la legna. Poi mi occupavo delle mucche e pulivo le scodelle delle mie due sorelle piccole. Le faccende di casa sono cose così. Nella maggior parte delle case le fa la madre, ma a casa nostra le facevo io.

Tra queste faccende, ce n'era una che mi piaceva molto.

Prendere le mie sorelle piccole e portarle sulla schiena. Per farlo bisogna stringere un nodo a una lunga tela. Qui non si vede molto, ma in Africa tutti sanno come si fa il nodo per portare i bambini sulla schiena. Sembra complicato ma, se lo fai un paio di volte, alla terza non è più così difficile. La cosa più importante è che la tela sia lunga.

Io ho due sorelle più piccole, Fatumata Binta e Rouguiatou. Credo di avertelo già detto prima. Rouguiatou è la più piccola e si scrive così: Rou-gui-a-tou. Fatumata Binta è un po' più grande, ha tre o quattro anni in più, e anche da scrivere è più lungo. Però, quando lo pronunciamo, ci mangiamo Fatumata e la chiamiamo solo Binta.

Le mie sorelle non sono mai andate a scuola ma, l'ultima volta che ho parlato per telefono con loro, Binta mi ha detto che voleva iniziare a studiare. "Certo," le ho risposto, "adesso stai diventando grande e devi andare a scuola, e poi imparare un mestiere." "Per esempio, quale?" mi ha chiesto. "Per esempio a cucire, o a ricamare, ti piacerebbe?" Mi ha risposto di sì.

Poi ha passato il telefono a Rouguiatou e lei mi ha chiesto se un giorno ci rivedremo. Io le ho risposto: "*Inshallah*, questo è quello che desidero," e mi ha detto che pensa a me tutti i giorni, un pensiero che inizia nella sua mente e non finisce mai. "E perché pensi a me e non ad Alhassane?" "A questa domanda non posso rispondere, *koto*, ma credo che tu e la mamma mi nascondete qualcosa."

Rouguiatou adesso avrà undici o dodici anni. Non sono sicuro.

14.

Sono rimasto a Thiankoi fino ai sedici anni, a occuparmi delle capre e delle mucche e a lavare i vestiti delle mie due sorelle piccole. Alhassane mi aiutava molto. A volte, finito il lavoro, prendevamo due sedie e ci mettevamo a chiacchierare. "La vita non è facile," diceva uno. "No, non è facile," rispondeva l'altro. E iniziavamo a pianificare il futuro.

"Alhassane, tu devi continuare a studiare, hai degli occhi grandi e con quelli imparerai un sacco di cose." Volevo dirgli che era intelligente, ma non so se capiva. Iniziai a rendermi conto che il suo spirito stava cambiando.

Un giorno mi disse: "*Koto*, anch'io voglio iniziare ad aiutarti". "Aiutarmi? Come?" gli chiesi. "Voglio fare un mestiere." "Ma che mestiere?" "Non lo so." E rimase in silenzio, pensieroso, non sapeva che dire. "Meccanico di moto, per esempio," disse. "No, Alhassane, tu per ora sei troppo piccolo, non hai ancora quattordici anni, devi continuare a studiare." "*Oke*," rispose rassegnato.

Non aveva il coraggio di contraddirmi, ma era chiaro che il suo animo stava *définitivement* cambiando. Non voleva continuare a studiare ed era disposto ad andare ovunque. Allora, "Alhassane, andiamo a camminare," gli proposi. E iniziai a spiegargli la mia vita. Come avevo vissuto dai cinque ai tredici anni a Conakry, al banchetto di nostro padre sul ciglio della strada. E poi sei mesi in Liberia, nel camion di Tanba. Tutto quello che ti ho raccontato finora.

"Tutte queste cose le so," mi disse.

All'improvviso mia madre migliorò e questo cambiò la mia situazione. Allora, un giorno, mi avvicinai a lei e: "Scusa, mamma," iniziai. "Dimmi," mi rispose, "cosa c'è?" "Ci ho pensato un po', e ho deciso di tornare a Conakry, voglio vedere come stanno adesso le cose lì." Mia madre rimase in silenzio, a testa bassa. "Sì, mamma. A Conakry ho qualche speranza di guadagnare un po' di soldi, altrimenti Alhassane dovrà lasciare la scuola." Quando le dissi queste parole, mia madre pianse, e mi diede un bacio vicino all'orecchio.

Il mattino successivo partii per Conakry.

15.

Nzérékoré è il nome di una regione della Guinea, da Conakry ci sono circa mille e trecento *kilo*. Rimasi lì tre o quattro anni, su un camion, perché un autista mi aveva preso come apprendista. Una settimana andavamo da Conakry a Nzérékoré, e la settimana successiva tornavamo da Nzérékoré a Conakry. Quell'uomo ha fatto molto per me, mi ha insegnato un mestiere.

Mi ricordo di una notte che andavamo verso Banankoro, su una strada di montagna. Il camion era molto carico e soffriva su quella salita. Io me ne rendevo conto ma stavo zitto, cercando di aiutare un po' il camion. A un certo punto, iniziammo a sentire un forte rumore ka-ka-ka-ka-ka... Il capo mi disse di scendere e controllare da dove veniva quel rumore. Scesi a terra con un salto. "Metti la prima e vai un po' avanti," gli ordinai, e così fece. Ma, ka-ka-ka-ka-ka, di nuovo quel rumore. "Il rumore viene dal semiasse," gli dissi. E lui: "*Le roulement*," mi rispose, "*le roulement est gâté*".

Parcheggiammo il camion su un lato e ci piazzammo in mezzo alla strada, sperando che passasse qualcuno. Venti minuti, quaranta minuti, un'ora. L'unica cosa che passava era il tempo. Alla fine apparve una moto in mezzo alla notte e la fermammo. Il capo andò fino a Banankoro a cercare un cuscinetto nuovo. Io rimasi a far la guardia al camion, sul ciglio della strada.

Il capo tornò due giorni dopo.

Adesso so quando è un problema del motore o del semiasse. Conosco bene il rumore del motore e anche i suoi cambiamenti. Ma se il problema è elettrico, non so cosa fare. Guidare sì, un po' so guidare, a volte il capo mi lasciava farlo. Tre o quattro *kilo*, quando il camion era vuoto e non c'erano curve. "Ibrahima, portami il bidone," mi diceva, e io gli passavo una tanica da dieci litri. La collocava sul sedile dell'autista e mi diceva: "Vieni". Io mi sedevo sopra quel bidone, le mani sul volante.

Così ho imparato a guidare.

16.

Un giorno, eravamo a Nzérékoré, il capo mi lasciò il suo telefono per chiamare a casa. Da un po' non sapevo niente di come stavano le cose a Thiankoi. Il telefono squillò e rispose mia madre: "*Alo?*". "Mamma, sono Ibrahima, come stai?" "*Jam tun allhamdoulillah*, e tu?" "Anch'io sto bene, grazie a Dio." Dopo due o tre frasi convenzionali, le chiesi di nuovo: "Mamma, stai bene?". "Sì, io sto bene ma sono tre settimane che non ho notizie di Alhassane. Se n'è andato di casa e da allora non ho più avuto sue notizie, tu sai qualcosa, Ibrahima?"

Io non sapevo niente. Da tre o quattro anni ero lontano da casa e in quel periodo avevo parlato solo tre volte con Alhassane. Non mi aveva mai detto che aveva intenzione di andarsene.

"Dammi un po' di tempo," dissi a mia madre, "cercherò di sapere qualcosa."

Tornato a Conakry, andai dal fratello maggiore di mio padre per sapere se Alhassane fosse passato di lì. Mi disse di no, che non sapeva niente. "*Oke*," gli risposi. E tornai al garage.

Il tempo passava, qualche settimana, forse un mese, o forse di più, senza aver notizie di Alhassane. Decisi di tornare al villaggio, da mia madre.

A Conakry comprai due sacchi di riso e andai in pullman fino a Kankalabé. Da lì a Thiankoi a piedi, con il riso in spalla. Trovai mia madre dietro la casa, nell'orto. "Ibrahima," mi disse. "Mamma," le risposi, "io non ne sapevo niente."

Rimasi a casa una settimana, e in quel vuoto lasciato da Alhassane iniziai a sentire la mia debolezza. Quando dico debolezza, voglio dire colpa. Sì, era colpa mia. Gli avevo promesso che l'avrei aiutato negli studi, ma non avevo potuto farlo, ero un semplice apprendista, non guadagnavo niente. E se n'era andato.

Davanti alla casa c'era un arancio, piantato da mio padre. Mi sedetti vicino e pensai: "Dove sarà adesso il mio fratellino?". Binta e Rouguiatou mi si avvicinavano e io neanche le guardavo. Non potevo. Volevo andarmene. In Liberia, in Mali, Sierra Leone, Mauritania, in qualunque posto, volevo andare alla ricerca di qualche traccia del mio fratellino.

Feci molte domande a mia madre per sapere che cosa gli passasse per la testa, e mia madre mi rispose: "Ibrahima, tu torna a Conakry, non perdere il tuo posto da apprendista, quando sapremo qualcosa, io ti avviserò". "*Dacor,*" le dissi, e ritornai a Conakry.

A imparare come si trasportano carichi pesanti.

17.

Passarono alcuni mesi senza avere nessuna notizia finché, un mattino, un amico di Conakry venne al garage. Era venerdì, il giorno in cui bisognava cambiare filtri e olio al camion. "Ibrahima," mi chiamò, e girai la testa. "Mi ha chiamato tua madre, ci sono notizie di Alhassane." "*Ah, bon?*" "Sì, Alhassane è in Libia." Rimasi in silenzio. Mi disse di nuovo: "È in Libia".

Respirai profondamente, un respiro che fa male alla gola. "È ancora un bambino, l'ultima volta che l'ho visto non aveva ancora quattordici anni, cos'è andato a cercare in Libia? E come ha deciso di andarci senza dirmi niente? Non eravamo d'accordo così." Pensai tutte queste cose. E altre cose ancora: "Come è arrivato fino in Libia senza soldi?".

Quel pomeriggio chiamai mia madre. "Mamma, chi ti ha detto che Alhassane è in Libia?" "Ibrahima, ho parlato con lui ed è stato lui a dirmelo." "E sei sicura di aver capito bene?" Quando le chiesi questo, mia madre si arrabbiò un po'. "Ibrahima, vuoi non credere a quello che tua madre ti sta dicendo?" "Sì," le risposi, ma io non ero sicuro perché mia madre non ha mai visto una cartina dell'Africa, non sa quanto è distante la Libia dalla Guinea. Se le dici: "Qui c'è la Libia, qui l'Algeria e qui il Marocco," mia madre ti risponde: "*Oke*," ma senza capire veramente.

"Ibrahima, Alhassane è in Libia," mi disse di nuovo. E mi diede un numero di telefono. "Alhassane mi ha chiamato da questo numero, prova a chiamarlo tu, cerca di parlare con lui." "*Dacor*," le risposi.

Finita la telefonata, "è in Libia," pensai. In Libia.

18.

Chiamai tre volte al numero che mi aveva dato mia madre e non mi rispose nessuno.

Alla quarta volta sì, "*Alo?*" disse la voce di un uomo anziano. Io, "Alhassane?" chiesi, e la vecchia voce mi disse: "Aspetta". Iniziò a gridare, "Alhassane Balde? Alhassane Balde?" e poco dopo venne lui al telefono.

Quando iniziammo a parlare, il bambino scoppiò a piangere.

"*Miñan*, cosa sei andato a cercare in Libia?" gli chiesi. La parola *miñan* in pulaar significa "fratellino o sorellina", così si chiama il fratello più piccolo. Mi rispose che voleva andare in Europa. "E volevi andare in Europa senza dirmi niente?" Mi chiese di perdonarlo, che voleva aiutarmi, ma non sapeva come. “*Miñan*, solo Dio ci può aiutare, nessun altro.” “Lo so,” mi disse. E parlò a lungo.

“Ti chiedo una sola cosa, *koto*, di non dimenticarti di nostra madre. Non pensare ad altro, non pensare a come ho fatto ad andarmene da casa, non pensare perché ho lasciato la scuola. Io volevo prendere una strada per aiutare, là per noi non c’è futuro. Ho guardato bene, e non c’è.” “Lo so, *miñan*,” gli risposi, “tutte queste cose le so.”

In poco tempo il credito del telefono andò esaurendosi e gli chiesi dove si trovava. Mi rispose che era a Sabratha, in un grande campo per rifugiati che si chiama Baba Hassan, aspettando un’occasione per attraversare il mare. “Fai attenzione, *miñan*,” lo pregai. Mi rispose di sì, che avrebbe fatto attenzione. Mi dava la sua parola.

Dopo tre o quattro giorni partii per andare a cercarlo, in un minibus che andava da Conakry a Sigiri. Erano le dieci zero zero.

Seconda parte

1.

Sono arrivato a Sigiri il pomeriggio del giorno successivo, alle sedici zero zero. Sono rimasto lì fin quando ha fatto buio, a pensare, "come posso continuare?". Volevo andare a Bamako, ma era molto costoso, anche se mia madre aveva venduto tre capre. Ho cominciato a chiedere qua e là e alla fine ho visto un camionista.

"Dove va?" gli ho chiesto. "A Bamako," mi ha risposto, "ogni quindici giorni faccio il viaggio da Conakry a Bamako, andata e ritorno." "Io ho fatto molti viaggi in camion," gli ho detto, "e so farlo senza dar fastidio all'autista." È rimasto in silenzio, a guardarmi. In faccia, lungo il corpo, alle tasche. "Quanti soldi hai?" "Pochi." "Se mi dai ventitremila franchi, ti ci porto." "*Oke.*"

Ha aperto il portellone posteriore e mi ha detto: "Sali". Ho fatto il viaggio nascosto in mezzo al grano.

Bamako è un crocevia. Ci arrivano molte strade e altrettante ne partono. Strade, gente e merci. Nessuno si ferma lì. In stazione, sentendo molte persone che parlavano in susu, ho pensato: "Qui ci sono dei guineani". A uno di loro ho chiesto: "Per andare a Gao si parte da qui?". "No," mi ha risposto, "la stazione dei pullman che vanno a Gao non è questa, questo è il *parco* della Guinea. Il *parco* di Gao è là." "Non conosco Bamako," gli ho detto. "Vieni con me," mi ha risposto.

Abbiamo attraversato le strade di Bamako. Prima a destra, poi a sinistra, poi non so in che direzione. Adesso non lo ricordo. Ma alla fine siamo arrivati.

Il *parco* di Gao è molto grande. C'era tanta gente. Qualcuno dormiva sulle panchine, altri prendevano un caffè. Alcune donne legavano i bambini sulla schiena, altri chiacchieravano. Mi sono avvicinato alla biglietteria e ho chiesto: "Quanto costa il pullman per Gao?". "Bamako-Gao, novemila franchi," mi ha risposto il venditore. Anche la moneta del Mali è il franco, ma si chiama CFA, e non si conta come quello guineano. In Mali, novemila franchi sono, più o meno, tredici euro. "*Oke*," ho detto al venditore, e lui mi ha dato un biglietto.

La strada era buia e tutto il pullman si è addormentato. Quando mi sono svegliato eravamo nel deserto.

2.

Il viaggio fino a Gao è lungo. E non è facile. Il caldo brucia il vetro e il vetro l'orecchio. Il pullman non si ferma. Anche quando ti addormenti, lui continua a viaggiare. Avanti, lontano, più lontano di una notte.

Due notti. Tre notti. E poi Gao.

Il pullman si è fermato vicino a un ponte e ci hanno fatto scendere tutti. Da una parte del ponte c'erano i soldati del Mali, dall'altra parte i tuareg. Io vedevo entrambi e tutti erano armati. Ognuno proteggeva la sua parte, come in guerra. Ma quando siamo arrivati noi, si sono scambiati dei gesti e hanno coordinato i movimenti.

Sì, lo organizzano assieme. Il traffico di migranti.

Il pullman mi ha lasciato all'inizio del ponte, vicino ai soldati del Mali, ma non ho potuto attraversarlo a piedi. "Stop," mi ha ordinato un soldato, "fermo lì." Un pick-up dei tuareg che si trovava dall'altra parte del ponte è venuto a prendermi e mi ha portato di là. Il soldato maliano ha visto tutto e non ha detto niente.

Sul pick-up eravamo in nove e, durante il viaggio, un uomo armato ha iniziato a chiederci: "Musa Onze o Musa Kone?". Musa *Onze* è un signore della guerra e Musa *Kone* un altro, loro due controllano tutto il Nord del Mali. Questo adesso lo so, ma allora non lo sapevo, era la prima volta che sentivo quei nomi. "Io qui non ho nessun contatto," gli ho detto. "Vuoi andare in Algeria?" mi hanno chiesto, e: "*Oui*," ho risposto loro.

Ma non mi ci hanno portato.

Il pick-up si è fermato davanti a un grande muro. In mezzo a quel muro si è aperta una piccola porta, dal basso verso l'alto, e mi hanno spinto dentro. "*Allez*, entra qui." Oltre quella porta c'era uno spazio chiuso, con muri e reti, e tra quelle pareti c'era molta gente, tutti prigionieri. Non so quanti eravamo, centosessanta, centottanta, non so. Quando i numeri sono grandi, è difficile calcolare, ma eravamo tanti. Tutti come me.

I guardiani ci chiedevano soldi: "Paga e andrai in Algeria". E poi alzavano il fucile: "Se non paghi, ti ammazziamo". Quelli non erano bambini, erano più grandi di me, e sapevano cosa stavano facendo. Ma, comunque, lo facevano.

Ho dato loro le tre capre di mia madre, settecentomila franchi guineani, settanta euro. "È tutto quello che hai?" "Sì." Hanno aggiunto il mio nome a una lista e dopo qualche giorno è venuto un camion a prenderci.

3.

Siamo saliti sul camion in novantaquattro, cento meno sei. A Kidal ci hanno fatto scendere tutti e ci hanno contati di nuovo. “Quaranta, sessanta, ottanta, più quattordici, novantaquattro, *c'est oke*.” E siamo ripartiti, in mezzo al deserto.

Voi qui avete il mare ma noi là abbiamo il deserto. Se i tuoi occhi non hanno mai visto il deserto, non puoi capire bene che cos'è. Il deserto è un altro mondo, ci entri e pensi: “Non uscirò mai da qui”.

Là tutti si assomigliano. Parlano arabo, o tuareg, oppure dicono di essere tuareg ma parlano arabo. Io non li distinguo. Per me sono tutti o di Boko Haram o dello Stato islamico. Ma non lo so bene.

Abbiamo viaggiato per cinque giorni, sul camion, senza mangiare. Un piccolo bidone di acqua da bere, nient'altro. Alcuni hanno fatto il viaggio vomitando, altri si sono fatti tutto addosso. In quelle condizioni, se devi pisciare, devi farlo nei pantaloni, non hai altre possibilità. Il camion non si ferma.

Io pensavo che andassimo in Algeria, così mi avevano detto a Gao. Altri dicevano: “Italia” e li avevano messi su un camion per l'Italia. La maggior parte aveva scelto “Spagna” e li avevano fatti salire su un camion per la Spagna. Ma è tutto falso. È tutto un trucco per prendersi i soldi.

4.

Quando finisci nelle mani dei tuareg non sei né davanti, né dietro, sei in mezzo, nel mezzo del nulla. E all'improvviso vedi un carcere, nel cuore del deserto. Un carcere vigilato da bambini e da adulti. Lì tutti hanno un kalashnikov in spalla. "Dove sono?" ti chiedi. E sei a Taalanda.

Sono entrato da una grande porta. Da lì sono passato senza abbassare la testa e mi sono ritrovato in un ampio spazio fortificato. Ci sono delle casette, *tac-tac-tac*, ordinate come scatole di scarpe. Vicino a ogni scatola c'è una persona armata, o due. Ma aspetta, Taalanda non finisce lì. In mezzo al campo c'è un'altra porta e, dietro, un altro spazio. Una piazza rotonda di sabbia. In mezzo niente, tutt'attorno un muro. Mi hanno portato lì. Sai che posto è quello? È il mercato, il mercato delle persone. È il posto dove ti vendono.

Ti spiego come funziona.

Tu sei in un angolo, seduto per terra, o sdraiato. Il terreno è di sabbia e una volta al giorno passano con una pentola. Tu devi allungare il braccio e aprire bene la mano, così, perché ti buttano il cibo come ai cani. Ma a volte il cibo è bollente e ti brucia la carne della mano. Allora lo lasci cadere per terra e resti senza mangiare. Domani passeranno di nuovo, alla stessa ora, allo stesso modo. Ma ti stavo raccontando un'altra cosa, ho perso il filo. Cosa stavo dicendo?

Ah, sì, il mercato. Il mercato di Taalanda. Inizio di nuovo.

Tu sei in un angolo, seduto per terra, o sdraiato. Il terreno è di sabbia. Qualcuno dirà il tuo nome, oppure ti chiamerà senza dire il tuo nome: "*Toi, viens ici*". Allora devi alzarti e metterti nel mezzo. Quello che ti vuole comprare si avvicina e comincia a guardarti. Dalla testa ai piedi, dai piedi alla testa. Poi dirà: "*Oke*".

Chiameranno un altro. Il compratore guarderà anche lui dalla testa ai piedi, come ha fatto con te. E, finito il giro, dirà: "Io voglio questo e quello". Il tuareg gli proporrà un prezzo e lui ti guarderà di nuovo, dalla testa ai piedi, dai piedi alla testa. E poi darà i soldi al tuareg.

Ma io non sono stato comprato. Sono venuti a guardarmi, una, due, tre volte, ma nessuno mi ha portato via. Così sono rimasto lì, tre giorni, a Taalanda.

5.

Per uscire da Taalanda ci sono due strade. Una è che qualcuno ti compri e ti porti con sé. Non sai dove, non sai a fare cosa. La seconda possibilità è che la tua famiglia mandi dei soldi. Ma per farlo, la famiglia i soldi li deve avere.

Quando mi hanno messo in prigione, mi hanno perquisito tutto il corpo. Quando dico tutto il corpo, voglio dire tutti i buchi del corpo. E anche dei vestiti. Lo fanno per sapere se nascondi dei soldi. Io non avevo niente, la carta d'identità in una tasca e nient'altro. Me l'hanno tolta. Da allora vivo senza documenti, e quando vivi senza documenti vali meno di una capra. Ma i tuareg mi ordinavano di chiamare la mia famiglia, per chiedere soldi, "altrimenti ti ammazziamo".

Io non ho chiamato nessuno. Così sono rimasto lì, prigioniero. A mezzogiorno, cibo per cani. E gli occhi che ti squadrano. Dalla testa ai piedi, dai piedi alla testa. Poi, "*oke*".

Ma c'è anche un altro modo per uscire da Taalanda, l'ultima possibilità. *La fugue*. Scappare. Io ho fatto così. Adesso ti racconto come. Ma aspetta un attimo, devo bere un po' d'acqua.

Ecco, adesso sì, *la fugue*.

A Taalanda sono diventato amico di un altro prigioniero. Era della Guinea, un susu, e io in susu conosco più di mille parole. I tuareg no. Il terzo giorno, mi sono avvicinato a lui e gli ho detto: "*Boore*, stanotte scappiamo". La parola *boore* in susu significa "amico". Lui mi ha risposto: "Sì, anch'io voglio scappare, ma come? Quel muro è molto più alto di noi".

Aveva rinunciato ancora prima di provarci. “Sì, è alto,” gli ho risposto, “ma è vecchio e ci sono dei buchi e forse possiamo scalarlo.” “*Oke*, vedremo,” mi ha detto. E abbiamo aspettato che facesse notte.

Di notte, col buio, abbiamo messo in atto il nostro piano.

Dormivano tutti. I prigionieri. Le guardie. I muri. Siamo usciti dalla cella e ci siamo avvicinati al muro. C’erano molti buchi, almeno venti. “Tu seguimi,” ho detto al mio amico, e ho iniziato ad arrampicarmi, facendo molta attenzione. Uno, individuare il buco. Due, attaccarsi con la mano. Tre, dietro la mano tutto il corpo. E così, di buco in buco, sono arrivato in cima al muro, come una piccola formica.

Da lì, ho fatto un salto ed ero dall’altra parte.

Ma anche dall’altra parte è ancora Taalanda. Ci siamo ritrovati nell’ampio spazio che circonda il cortile rotondo interno, tra le casette che sono come scatole di scarpe. Per scappare ci mancava ancora un muro. Un terribile muro di almeno sei o sette metri.

Sono rimasto un po’ a guardarlo, alla ricerca di qualche buco per potersi arrampicare. A destra, a sinistra. Niente. Però ho trovato una lunga asse di legno e l’ho usata come scala per salire. Le braccia, la pancia, i piedi. Senza fare il minimo rumore. Quando sono riuscito ad aggrapparmi in cima al muro con le dita, ho tirato con tutte le mie forze, strisciando il corpo contro la parete, schiacciando un po’ il cuore. E sono saltato giù dall’altra parte. Almeno sei o sette metri.

Lì fuori c’era solo sabbia, e la sabbia sa stare in silenzio.

Anche il mio amico era riuscito a salire in cima al muro ma, arrivato in alto, si è inclinato troppo ed è caduto. È rimasto a terra sulla sabbia, non poteva alzarsi, urlava, “*aaaaaahhhhh*”. Penso che si sia rotto qualche osso, ma non lo so, non ne sono sicuro. Non l’ho aiutato. Mi sono messo a correre, scappavo, non sapevo dove, ma scappavo.

Dietro di me sentivo delle urla, e io scappavo, correndo.

Arrivato a una certa distanza, mi sono buttato a terra e mi sono guardato indietro. Ho visto una lanterna che parlava arabo e picchiava. Stavano facendo a pezzi il susu. L'hanno picchiato a lungo e poi l'hanno trascinato dentro. Anche dentro sono continuate le urla. Nel deserto le urla si sentono chiaramente. Se è notte, ancora di più. Ho deciso di aspettare finché tutto fosse tornato in silenzio.

Quando le urla sono finite, mi sono alzato e sono andato avanti. Non sapevo verso dove, ma avanti. Lontano. Nella sabbia. A piedi nudi.

6.

Camminavo solo, in mezzo alla notte. Quando cammini nel deserto, i piedi affondano nella sabbia ed è molto difficile andare avanti. Il corpo prende un altro peso. Comunque ho continuato a camminare, fino alle quattro del mattino, attraversando un'oscurità molto lunga.

Quando mi sono stancato, mi sono fermato e mi sono guardato attorno. Il buio iniziava a rompersi. La cosa mi ha spaventato, perché io non conoscevo quel posto. Era il deserto, solo il deserto, il territorio dei serpenti. Il posto dove la gente muore. Ma allora io non lo sapevo. Così mi sono sdraiato e ho dormito. Sei ore, più o meno fino alle dieci.

Quando mi sono svegliato, ho guardato davanti a me, senza sapere dove fosse davanti. Ho guardato avanti in tutte le direzioni. E non ho visto niente. Solo il deserto. Deserto qui. Deserto là. Il deserto ai quattro lati. Nient'altro.

E ho proseguito, a piedi, altre cinque ore, finché ho iniziato ad avere un gran bisogno di bere acqua. In pulaar, questo segnale del corpo lo chiamiamo *donka*. L'avevo imparato anche in francese, ma adesso non lo ricordo. Avevo una grande *donka*, ma non era facile, perché lì non c'era acqua. "E adesso, dove vado?" ho pensato, e ho sentito qualcosa. Il rumore di un motore.

Quel rumore era a due ore di distanza da me. Ma io sentivo che si stava avvicinando. Dopo un po' si era avvicinato di circa un'ora, poi ancora un po'. "Adesso lo sento bene, sì, è una moto. Una moto. Una sola."

Veniva verso di me e mi sono spaventato. "Se qualcuno mi vede qui, mi prenderà e mi riporterà a Taalanda," ho pensato. Però ho alzato una mano, facendogli segno di fermarsi. Che altro potevo fare? Non sapevo dov'ero e la sete si stava mangiando tutto il corpo.

Si è fermato davanti a me e, prima di iniziare a parlare, si è buttato il kalashnikov dietro la schiena. "Dove vai?" mi ha chiesto in francese. "Vado in Algeria, a Timiaouine," gli ho risposto. "Da qui a Timiaouine non troverai altro che deserto, se ci vai a piedi, morirai." "*Ah, bon?*" "Sì." Mi ha fatto segno di salire sulla moto, che mi avrebbe portato almeno un pezzo. Ma io avevo paura che mi riportasse a Taalanda e gli ho risposto: "No, *merci*, proverò ad andarci a piedi". Mi ha detto di nuovo: "Sali sulla moto, ti farò vedere dov'è la strada per Timiaouine". Io non mi fidavo, ai miei occhi tutti gli abitanti del deserto sono uguali, ma alla fine gli ho detto: "*Oke*," e sono salito sulla moto.

Un po' più avanti, ha spento il motore e mi ha detto di scendere. "Vai là, vai e vedrai." Io non capivo cosa dicesse, che cosa voleva, ma mi sono avvicinato al punto che mi indicava, spaventato. E ho visto l'acqua. Sì, acqua. Un piccolo otre, fatto con la pelle di una capra. Non so quanti sorsi ne ho bevuto, dieci, o venti, ma ho iniziato a sentire di nuovo il mio corpo. Le gambe, la pancia, le braccia, gli occhi, tutto. Questo è l'acqua, l'acqua è il tuo corpo.

Sono salito di nuovo sulla moto e mi ha portato fino a un incrocio. È sceso e si è rimboccato le maniche: "Guarda, questa strada porta a Taalanda, e quest'altra a Timiaouine. Se prendi questa, ogni due ore vedrai una piccola ruota. Quella ruota significa che sei sulla strada giusta". "*Oke*," gli ho detto, "*merci*."

Mi ha dato un pacchetto di biscotti e una piccola *zipa* piena d'acqua. "Tu segui sempre la strada, da qui a Timiaouine ci sono cinquantacinque chilometri." "*Oke*." "In questo deserto cinquantacinque chilometri sono molti, sei sicuro di volerli fare a piedi?" È rimasto ad aspettare una risposta. "Non ho altra scelta," gli ho detto. "Se mi dai un po' di soldi, ti ci porto io." "Non ho soldi." "Niente?" "No, niente." "*Oke*, allora segui la strada, ma un po' ai bordi, spesso ci sono dei controlli ed è meglio che non ti vedano."

Ha acceso di nuovo la moto ed è ripartito verso Taalanda.

7.

Ho camminato diciannove ore, fino alle sei del mattino. Montagne di sabbia, valli di sabbia, tutto di sabbia. Lì, i tuoi passi scompaiono subito, e nessuno può dire: "Sì, da qui è passato qualcuno".

"Andrò avanti ancora un po'," ho deciso, e ho camminato tutto il giorno. A piedi nudi. A un certo punto, mi sono tolto i pantaloni e li ho arrotolati sulla testa, per proteggermi dal sole. Così per sei ore, o sette, non so. Alla fine ho pensato: "Li lascio qui," erano troppo pesanti e li ho abbandonati sulla sabbia. E sono andato avanti così, in mutande e maglietta. A piedi nudi, sulla sabbia bollente. A passi sempre più corti.

Alle diciannove zero zero sono rimasto senz'acqua, e ho calcolato: "Quest'uomo fra poco morirà". Quando dico quest'uomo, quell'uomo sono io. Io e il deserto. E il deserto è senza fine.

Ma ogni tanto appare qualcosa. "Sì, lì c'è qualcosa." All'inizio ho pensato che fossero delle macchine, due auto, una qui e l'altra là. "È la polizia," mi sono spaventato, ma non avevo altra scelta che andare avanti e avvicinarmi a loro. Alla fine mi sono accorto che non erano due macchine. Erano due *kif*. Due *kif*, lì.

I *kif* sono dei giganteschi bidoni di plastica che contengono acqua, a volte. Altre volte, benzina. Sopra hanno un coperchio e sotto un rubinetto. Li mettono i tuareg perché sanno che la gente va a piedi nel deserto, e andare a piedi nel deserto non è facile. Fa molto caldo e la sete ti soffoca. I tuareg lo sanno, e per quello li mettono.

Quindi, due *kif*. "Mi avvicino," ho deciso, e mi sono incamminato. *Voilà*. I due *kif* erano pieni, ma non sapevo se contenevano acqua o benzina. Ho cercato l'uscita e ho visto che era chiusa con due lunghi pezzi di caucciù, come quelli delle biciclette, *deux chambres à air*. Non avevo forza nelle mani e ci ho provato con i denti. Con i denti sopra e con i denti sotto, con tutti i denti. Alla fine sono riuscito a sciogliere il nodo e l'acqua ha iniziato a uscire, con forza, un getto d'acqua che sembrava rompere il *kif*. Mi cadeva l'acqua addosso, sì, acqua.

Ho aperto la bocca e ho bevuto. Ho bevuto a lungo. Poi ho preso un pezzo di caucciù e ho provato a riempirlo d'acqua. Ma era bucato, in quattro punti. Allora mi sono tolto la maglietta e l'ho avvolta attorno al tubo, in modo che l'acqua non trovasse buchi da dove scappare. Così sono riuscito a prendere un po' d'acqua per il viaggio. "Adesso posso incamminarmi," ho pensato. E sono ripartito.

Quando attraversi il deserto, a volte soffia un forte vento. Non puoi nemmeno camminare. Devi fermarti e cercare di proteggerti, se non vuoi che la sabbia ti faccia male. Puoi rimanere così un'ora. O due ore. Quando il vento si stanca, allora puoi riprendere il tuo cammino.

Ho camminato per tre giorni, settantadue ore. Solo bevendo acqua. Sempre cercando di non stare troppo vicino alla strada. A volte mi spaventavo: "Lì c'è qualcosa," pensavo, e mi accovacciavo. Poi: "No, lì non c'è niente," mi dicevo, e mi incamminavo di nuovo, fino a stancarmi. Allora mi fermavo, chiudevo gli occhi fino a risvegliarmi. E mi incamminavo di nuovo, finché avevo forze. Alla fine ho visto alcune luci. "Quella è Timiaouine," ho pensato. E così era.

Timiaouine, l'Algeria.

8.

Sono arrivato a Timiaouine alle sei del mattino. Ho visto una grande moschea. "Devo pregare," ho pensato, e sono entrato.

Per me pregare è importante, ma io non lo faccio perché

qualcuno dica: "Ibrahima prega, è un buon musulmano". No, è una cosa che resta tra me e Dio, è la relazione che c'è fra noi.

Finito di pregare, mi si è avvicinato un vecchio e mi ha detto: "*Salam alaikum*". "*Alaikum salam*," gli ho risposto. Ha visto che non mi sentivo molto bene e mi ha offerto del pane. Un po' di pane e del succo di frutta. "*Xukran*," gli ho detto e ho ingoiato tutto. Poi mi sono sdraiato su una panchina e mi sono addormentato. Il legno, il corpo, il tempo. Sette ore. Nessuno mi ha disturbato.

Quando mi sono svegliato, avevo le gambe come quelle di un elefante.

Con quelle gambe non potevo certo camminare, ma sono comunque uscito dalla moschea e sono sceso in città, non so come. Mi sono seduto davanti alla porta di un piccolo caffè ed è passato un ragazzino. "Tu sei guineano," mi ha detto. E io: "Sì," gli ho risposto. "Hai le gambe molto gonfie," ha continuato, e io: "Sì". È entrato nel bar ed è tornato con una tela e dell'acqua calda. Ha iniziato a farmi dei massaggi. Dal basso verso l'alto, dal basso verso l'alto, in tutte e due le gambe. Senza dire niente.

Quando ha finito, mi ha chiesto: "*Ko honno wi'ete-dhaa?*", che nella nostra lingua significa "come ti chiami?". "Io, Ibrahima, e tu?" "Io, Ismail."

9.

Il piccolo Ismail non è come gli altri. Alcune persone sono diverse e Ismail è una di quelle. Quando l'ho conosciuto aveva quattordici anni, ed era piccolo, per quello lo chiamo il piccolo Ismail. Adesso non so quanti anni avrà. Sedici, forse diciassette, non lo so. Mio padre diceva che il tempo non passa per tutti allo stesso modo, ed è vero.

Io e Ismail siamo rimasti assieme sei mesi. Da Timiaouine fino a Ghardaïa. Lì ci siamo separati e da allora non l'ho più visto. Ogni tanto mi si gonfiano ancora le gambe e mi ricordo del piccolo Ismail.

Uno, perché mi ha fatto quel massaggio, dal basso verso l'alto, in tutte e due le gambe, per tre giorni. Due, perché ho potuto mettermi le scarpe e ricominciare a camminare. Piano piano, prima una gamba, poi l'altra, senza sentire dolore. E tre, perché mi ha mostrato dove si poteva trovare lavoro. Tutto questo ha fatto per me il piccolo Ismail.

"A Timiaouine il lavoro si trova per strada," mi ha detto, "noi dobbiamo andare là e stare sulla strada ad aspettare." "*Oke.*" "Vedrai che troveremo subito lavoro." Abbiamo atteso un po', un minuto, due minuti, ed è arrivato un vecchio, un vecchio su un furgone ancora più vecchio. Ci ha portato in un posto dove c'era una montagna di sabbia e ci ha detto: "Qui caricate la carriola e me la portate dove sono io".

Ogni turno di lavoro durava due ore. In due ore andavamo avanti e indietro da quella montagna di sabbia molte volte, caricare la carriola e scaricarla. Per ogni turno ci pagava duecento dinari. In una giornata facevamo quattro turni, più o meno otto ore. Per cui ogni giorno valeva ottocento dinari, circa sei euro.

A Timiaouine abbiamo fatto questo lavoro per tre settimane, riempire la carriola di sabbia e svuotarla. Alla quarta settimana siamo partiti per Bordj.

10.

Per chi viene dal Mali, Bordj è la seconda città dell'Algeria. Alcuni dicono Bordj Badji Mokhtar, ma io preferisco i nomi corti. Da Timiaouine a Bordj ci sono centocinquantacinque *kilo*. Quando io dico *kilo* la gente mi corregge, *chilometri*. Questo mi succede qui, ma in Africa non è così, là preferiamo dire le cose corte. Se dici chilometri la strada è più lunga.

Bordj è a centocinquantacinque *kilo*. Ma da Timiaouine a Bordj non è come da Taalanda a Timiaouine. La sabbia è la stessa, e anche il vento, ma la strada è asfaltata e così si avanza più velocemente. Bordj, centoventi *kilo*. Eravamo in tre, io, il piccolo Ismail e un maliano. Ogni tanto vedevamo qualcuno sulla strada, morto, in posizioni strane. La sete sul viso, una grande sete.

Il deserto è così. Bordj, novanta *kilo*. Il maliano non ce la faceva più e si è fermato. Noi siamo andati avanti, che altro potevamo fare? Bordj, sessanta *kilo*. Il piccolo Ismail ha visto un lungo serpente che stava attraversando la strada. Siamo rimasti ad aspettare, fermi, seminascosti, finché il serpente non è scomparso nella sabbia. Nel nostro paese, fare del male a un serpente è come invocare la sfortuna, quindi, quando cammini, il serpente ha la precedenza. Bordj, quaranta *kilo*. Di notte dormivamo, ci sdraiavamo sulla sabbia e dormivamo. Dormire è importante, per prendere forza e anche per dimenticare un po'. Quando dimentichi, il tuo corpo è più leggero e fai meno fatica a camminare. Bordj, venticinque *kilo*. Abbiamo camminato per quattro giorni e il quinto siamo arrivati a Bordj.

A Bordj abbiamo lavorato due mesi, mescolavamo il cemento. Dormivamo anche accanto al cemento, e ci svegliavamo sudati. Il lavoro iniziava alle sei del mattino e non finiva mai. Quando alcune case arrivavano al tetto, accanto ne nascevano delle nuove e c'era altro cemento da mescolare.

Dopo un po' ho iniziato a pensare, e ho calcolato: "Qui le

case sono molto grandi e noi siamo piccoli". Quando dico che noi siamo piccoli voglio dire che guadagnavamo pochi soldi. Così ho chiesto al piccolo Ismail: "Perché non andiamo in un'altra città?". "*Oke*," mi ha risposto.

Siamo partiti per Reggane, nascosti nella parte posteriore di un pick-up. Ci hanno fatto pagare il viaggio diciassettemila dinari, e in uno spazio dove ci stanno due capre ci hanno fatto entrare in sedici. "*Koto*," mi ha detto Ismail, "la prossima volta prendiamo un pullman", così da Reggane ad Adrar siamo andati in pullman.

11.

Adrar è un altro mondo, lì non c'è nessuno come noi.

È passata una donna. Portava un lungo velo, il *niqab*. Le abbiamo chiesto dove fosse la stazione dei pullman per andare a Ghardaïa e non ci ha risposto. Ha continuato a camminare e noi siamo rimasti lì, impalati. È passato un uomo. Aveva una lunga barba e gli ho visto i piedi. Gli abbiamo chiesto dove fosse la stazione per Ghardaïa. "Là," indicando con il braccio, "non molto lontano." Sulla strada abbiamo incontrato molti *niqab* e molte barbe. E i loro sguardi ci dicevano: "Questo non è posto per voi".

Arrivati alla stazione, siamo andati alla biglietteria e ci siamo messi in fila. È arrivato il nostro turno. "*Salam alaikum*," ho detto alla donna dietro il vetro, e lei: "Biglietto per Ghardaïa, mille e cento dinari," mi ha risposto. Ho frugato in tutto il corpo e ho trovato millecinquecento dinari. Anche il piccolo Ismail ha provato a cercare, frugando qua e là, ma non aveva niente, zero dinari. "Vai tu, Ibrahima," mi ha detto, "io resto qui." Ho guardato a destra, a sinistra, due volte a ogni lato e ho pensato: "Non posso lasciare qui questo bambino".

Lasciata la biglietteria, siamo usciti e si è avvicinato un tassista. Visto il nostro aspetto, ci ha chiesto se avevamo fame. Gli abbiamo risposto di sì. Ha messo la mano in tasca e ha preso un biglietto da cinquecento dinari, però, prima di darceli, mi ha fatto una domanda: "Siete musulmani?". "Sì, certo." È rimasto in silenzio, a guardarci, a lungo. E ci ha dato il biglietto.

"Adesso abbiamo duemila dinari," ho detto a Ismail. "Per comprare due biglietti per Ghardaïa ce ne mancano duecento." E ci siamo seduti su un marciapiede, a guardare i pullman, a pianificare il nostro futuro.

Dopo un po', sono arrivati altri come noi. Dal Mali. Dalla Costa d'Avorio. Dal Camerun. Ci hanno detto che volevano andare alla capitale, ad Algeri, e noi gli abbiamo spiegato il nostro caso. Hanno iniziato subito a raccogliere soldi. Cinque dinari, dieci, venti, ognuno quel che poteva, fino ad arrivare a duecento. "Adesso abbiamo duemila e duecento dinari," mi ha detto Ismail, "adesso possiamo andare a Ghardaïa."

E siamo partiti per Ghardaïa.

12.

A Ghardaïa ho passato tre mesi. Io tre e il piccolo Ismail due, in totale cinque. Cinque mesi a mescolare cemento. Il padrone voleva che continuassimo a lavorare per lui, ma il piccolo Ismail aveva un'altra idea. "*Koto*, qui abbiamo guadagnato abbastanza, andiamo alla capitale," mi ha detto. "No, Ismail," gli ho risposto, "io devo andare in Libia." "In Libia?" si è stupito. "A far cosa?" Non avevamo mai parlato di questo.

Gli ho raccontato la storia di mio fratello piccolo. Di come se n'era andato di casa e di come io ero partito per cercarlo. "Io so che è a Sabratha, perché quando ero a Conakry abbiamo parlato al telefono, ma da allora non ho più potuto comunicare con lui. Ci ho provato da Timiaouine, ma *impossible*. Anche da Bordj, *impossible*." E alla fine il tempo stava passando, più o meno cinque o sei mesi, e io non avevo nessuna notizia del mio fratellino.

"Per questo, Ismail," ho continuato, "devo andare a cercare Alhassane. Perché è ancora un bambino e perché, da quando è morto mio padre, di quel bambino sono responsabile io. Se lo trovo, e gli parlo guardandolo negli occhi, so che mi ascolterà e che tornerà a casa." "*Oke*," ha accettato. "E dopo aver riportato il tuo fratellino a casa, cosa farai?" "Rimarrò là, Ismail. Io non voglio andare in Europa. Il mio destino è la Guinea." È rimasto in silenzio, lo sguardo a terra, confuso.

Il piccolo Ismail. In lui vedevo sempre il mio fratellino, ma non gliel'ho mai detto.

Ha alzato gli occhi da terra e mi ha dato un piccolo abbraccio. "Buona fortuna in Libia, *koto*, che Dio di aiuti." "Ciao, *miñan*, buona fortuna anche a te. E grazie mille, per l'acqua calda e per i massaggi. *Jaarama buy*, Ismail."

Così l'ho salutato e si è perso sulla strada per la stazione. Non ho più saputo niente di lui.

13.

La Libia è un altro mondo. Fatto per soffrire.

A Ghardaïa mi avevano avvisato molte volte, "*Habibi*, non andare in Libia", ma io rispondevo: "Non ho altra scelta, devo andare a Sabratha". Allora mi hanno spiegato la strada. "Prima devi arrivare a Debdeb, in pullman, e poi continuare a piedi. Ma stai molto attento."

Da Ghardaïa a Debdeb, milletrecento dinari, sette ore.

Debdeb è l'ultima città dell'Algeria, poi c'è la frontiera e poi c'è la Libia. La frontiera è zona internazionale. Lì non sei né in Algeria, né in Libia, quello è territorio della polizia. E la polizia non ha paura, sa come torturare una persona. E se quella persona è uno come me, non lo colpiranno alle gambe o alle mani, ma tra le gambe e sulla testa. Sanno che il dolore si nasconde lì.

Alla stazione di Debdeb ho visto un gruppo di otto persone. Mi hanno detto che quella notte avrebbero provato a passare la frontiera e mi hanno chiesto se volevo andare con loro. "Andate voi, io resto qui," ho risposto. Sapevo cosa gli sarebbe successo se le cose fossero andate male.

Ho trascorso la notte in stazione, seduto su una panchina, aspettando il mattino. *Voilà*. Una luce penetrante, che bruciava gli occhi. E nessuna traccia di quelle otto persone. Al pomeriggio, nemmeno. "Ce l'hanno fatta," ho pensato. "Sono arrivati in Libia, dovevo andare con loro." Ma gli avevo detto di no ed ero lì, alla stazione di Debdeb, seduto su una panchina, in attesa della notte.

Al pomeriggio sono arrivati altri due guineani. Anche loro avevano intenzione di andare in Libia e gli ho chiesto se potevo unirmi a loro. Mi hanno risposto di sì, "se hai i soldi per pagare, ti aiuteremo". Quelle parole mi hanno molto sorpreso. "Scusate, mi aiuterete a fare cosa? Prenderemo forse un pick-up? Se cammino con le mie gambe, non vedo cosa dovrei pagarvi." "*Oke*," hanno accettato, "hai ragione", e siamo rimasti tutti e tre lì aspettando che facesse buio.

Nel frattempo, mi sono reso conto che parlavano molto. Dopo un po' avevo le orecchie stanche e ho pensato: "Questa non è un bella compagnia". Questo si impara poco a poco, a conoscere una persona dalle parole che dice.

Alle ventidue zero zero mi hanno detto: "*Gorebe*, adesso è buio, andiamo". Ma io: "No, io non vengo," gli ho risposto, "mi è venuta paura". "*Ah, bon?*" "Sì, andate voi." "*Oke.*" E se ne sono andati. Sono rimasto un po' ad aspettare, finché si sono allontanati, poi mi sono incamminato dietro di loro, mantenendomi a distanza.

Ho camminato tre o quattro ore, nella sabbia, senza perderli di vista.

Alle quattro del mattino mi sono reso conto che eravamo in Libia. Sono arrivato a un piccolo villaggio e ho iniziato a vedere cose che in Algeria non vedevo. *Allahu akbar*. Un vecchio stava entrando in moschea per la prima preghiera del mattino. Aveva in spalla un lungo fucile. *Allahu akbar*.

"Siamo in Libia," ho pensato.

14.

Allahu akbar, dal minareto stavano chiamando per la preghiera. Mi si è avvicinato un arabo e mi ha chiesto cosa ci facevo davanti alla moschea. "Sono uscito adesso dopo aver pregato e sto cercando un lavoro." Avevo i pantaloni sporchi, come un muratore. "*Oke*," mi ha creduto, e ha precisato: "Qui non c'è lavoro, devi andare a Tripoli, o a Sirte, là c'è molto lavoro". "E come posso arrivarci?" "*Sir, yallah*." Questo in arabo significa *andiamo*, mi stava dicendo di seguirlo.

Abbiamo attraversato alcune strade e mi ha portato fino a un garage, un garage molto grande. Era pieno di pick-up. "Vorrei andare a Sabratha," gli ho spiegato, e lui: "Devi lasciare qui i soldi, sono centocinquanta dinari libici".

Anche in Libia si usa il dinaro, come in Algeria. Hanno lo stesso nome ma non lo stesso valore. In generale, l'economia è difficile da capire. Un dinaro libico vale come un euro, quindi centocinquanta dinari libici sono come centocinquanta euro. Così mi hanno spiegato.

"Centocinquanta?" ho chiesto. "*Exact*," mi ha risposto.

"Sono molti soldi," ho pensato, e gli ho chiesto di aspettare. "Va bene, vai pure a fare un giro, io sono qui."

Ho camminato per le strade di Ghadames, in cerca di un'altra soluzione, ma niente. Non ho trovato nessun passaggio per Sabratha. Sono tornato al garage e mi sono avvicinato all'arabo. Stava lavando un pick-up, un Nissan. Senza girare la testa mi ha ripetuto: "Centocinquanta dinari". Gli ho dato i soldi in mano e ha aggiunto il mio nome a una lista.

15.

Hanno preparato un pick-up, ci hanno messo dentro come dei pacchi e ci hanno coperto con un telo pesante. Quel telo aveva odore di carne bruciata. Non potevamo vedere cosa c'era fuori e mi sono un po' arrabbiato. Mi sono venute delle parole, non so da dove: "Io non posso viaggiare senza vedere dove vado". L'autista ha preso il kalashnikov e con il calcio mi ha aperto la testa, ho ancora la cicatrice, la vedi? Poi ha iniziato a gridare: "Se pensi che non ti portiamo a Sabratha, perché sei salito su questo pick-up?". "*Oke*," mi sono rassegnato, "scusa." E tutti sono rimasti in silenzio. Lì sei nelle loro mani, non puoi dire niente.

Non so quante ore è durato il viaggio, sotto il telo non si vede la luce, e se non si vede la luce è difficile calcolare il tempo. Lì è sempre notte, notte e carne bruciata. L'unico riferimento era la ferita alla testa. Il sangue aveva iniziato a seccarsi.

All'improvviso il pick-up si è fermato, al buio, in mezzo al deserto. E ci hanno fatti scendere tutti, a dodici o tredici *kilo* da Sabratha. "Da qui in poi continuerete a piedi," ci hanno detto, "ma *yallah, yallah*, fate presto, dovete arrivare prima che sorga il sole." Lì la legge è così, se ti prende la polizia, ti rimandano a Debdeb, o ti portano in prigione.

"*Habibi*, veloce, *yallah, yallah*", l'autista ci indicava la strada con il fucile, "quattro, cinque, sei", ci mostrava l'orologio, "svelti, *yallah*, di là." Ci siamo messi a correre. Faceva un caldo terribile e avevamo sete, ma lì non c'era né acqua né tempo. Erano le quattro del mattino, e *yallah, yallah*.

A Sabratha siamo arrivati in sei, i primi sei. Gli altri sono rimasti indietro, in mezzo al deserto. Con la polizia. O con la sete. Non lo so.

16.

Appena arrivato a Sabratha mi si è avvicinato uno come me. Mi ha detto che, se volevo un *programma* per l'Europa, dovevo seguirlo, "io conosco un posto dove li vendono". Io: "Baba Hassan?" gli ho chiesto e lui ha risposto di sì con la testa, "andiamo là".

Baba Hassan è un grande *campo*, immenso. Puoi sdraiarti dove vuoi, il terreno è di sabbia. Se alzi gli occhi verso l'alto, ti rendi conto che non c'è tetto, tutto è cielo. Giri gli occhi a sinistra e vedi solo immigrazione. A destra, lo stesso. Lì eravamo più di seicento, molti guineani.

Prima di addormentarmi, sono venuti a chiedermi il mio nome. "Balde Ibrahima." E l'età. "Diciassette." L'uomo che prendeva nota aveva una lunga barba, e per un attimo ha dubitato. Allora mi ha chiesto: "In che anno sei nato?". "*Le 4, 8, 1999*," ho precisato, "*à Conakry*." "*Oke*," mi ha risposto e così ha scritto. Da quel giorno ho cinque anni meno della mia vera età.

Questo trucco me l'hanno insegnato in Algeria. "In Libia è molto importante dire che hai meno di diciotto anni. Così non ti portano in prigione e, se non ti portano in prigione, puoi rimanere vivo." Quindi, davanti a quell'uomo barbuto sono nato un'altra volta, ma nel 1999. Il giorno non l'ho cambiato, *le quatre de huit*, il 4 agosto.

Poi mi ha chiesto altri dati, ma io avevo sonno e adesso non ricordo bene. Ricordo quello che mi ha detto: "D'ora in poi tu sei di Baba Hassan e non puoi rivolgerti a un'altra compagnia per comprare un *programma* per l'Europa. Il tuo prezzo lo deciderà Baba Hassan e, quando lo pagherai, ti dirà quando puoi partire". "*Oke*," ho risposto. Non gli ho spiegato perché ero venuto in Libia, altrimenti mi avrebbe cacciato, o avrebbe preso un bastone e mi avrebbe rotto le ossa.

Questa è l'abitudine a Sabratha, ogni *campo* ha il suo *stock* di migranti e organizza il proprio traffico. E tu, una volta entrato in un *campo*, sei prigioniero, non puoi imbarcarti con un'altra compagnia.

L'altro giorno, uno di qui mi ha detto che l'Europa dà un sacco di soldi alla Libia perché non lasci partire i migranti, e per questo in Libia ci sono tante carceri piene di gente come me. Io non so se è vero, non capisco molto di politica, ma so cos'è la Libia.

La Libia è una grande prigione, ed è difficile uscirne vivi.

17.

Erano le sei del mattino e, appena mi sono sdraiato, mi sono addormentato. Due ore, o tre, non di più. Mi sono svegliato di colpo. "Alhassane? *Miñan*?" Dovevo trovare qualche traccia di lui. "Alhassane? *Miñan*?" Ho guardato tutte le persone del *tranquillo*, una per una. "No, Alhassane non è qui," mi sono rassegnato e sono uscito per strada.

Taf-taf. Le strade di Sabratha non sono come quelle di Conakry. A Sabratha non c'è nessuno per strada. Alcune case distrutte. Ogni tanto passa un pick-up, a tutta velocità. Qualche sparo. *Taf-taf*. Nient'altro. Il silenzio. La Libia è così, non è un posto per viverci.

Portavo con me una piccola fotografia e la mostravo a tutti quelli che potevo. "Sì, *miñan*, mio fratello piccolo, Alhassane. L'hai visto?" Alcuni prendevano la fotografia in mano, la guardavano bene: "No, non l'ho mai visto". Oppure: "Sì". "Sì?" "Sì, lo conosco, ma non lo vedo da molto tempo, adesso non è più qui." Altri nemmeno si fermavano, non avevano tempo.

Un bambino mi ha detto che Baba Hassan ha più di un campo. "Baba Hassan è una persona sola, ma in Libia ha molte case. Due a Sabratha, altre due a Zawiya. E a Tripoli altre ancora." "*Ah, bon?*" "Sì, Baba Hassan è ricco, guadagna tanti soldi con i migranti. E con quei soldi compra altre case..."

Ah, bon?

18.

Sono rimasto a Sabratha due giorni. E due giorni lì sono molto lunghi, più lunghi che nel deserto senz'acqua. Perché non avanzi. Cammini. Ti fermi. Ti guardi attorno. Attraversi la strada. Correndo. Ti nascondi. Guardi di nuovo. Non vedi nessun movimento. Esci. Cammini. Stop. Ti nascondi di nuovo. Guardi con più attenzione. Non vedi nessuno. Tutti gli arabi si nascondono. Ma tu sai che sono lì. Senti il rumore degli spari. E non sai da dove vengono.

Poi scende la notte. Diventa buio. Se ne va la luce ma non arriva il silenzio. Ogni tanto uno sparo, e tu senti un brivido. Un lungo brivido. Sei per strada. Vai da qualche parte. Stop.

Guardi la città. La città è ferma. Un altro sparo. Ti muovi. Ti fermi. Sei lì. A guardare la città. Controlli. Cerchi chi ti sta sorvegliando. E non trovi quello che cerchi. Finché ti addormenti. In qualunque posto.

Altri due spari. *Taf-taf.* Ti svegli. Ti muovi. Non sai dove andare. "Tornerò al *tranquillo.*" Guardi la città. È tutto fermo. "Perché sono venuto qui?" E chiami Alhassane. A bassa voce. Due volte. Uno sparo. *Taf.* Meglio stare zitti. "Sì, scusate." Hai paura. Ti spaventa la tua voce. Ti spaventano i tuoi passi. "Alhassane Alhassane Alhassane. Dove sei?" Devi muoverti. Vai. Non sai dove. Ti fermi. Cadi. Resti a terra.

"Il buio si sta rompendo." Apri un occhio. Sei vivo.

Sabratha è un puzzle. Questo pezzo è di uno, questo di un altro, ma tu non puoi passare da uno all'altro, perché ci sono i controlli. Dei controlli si incaricano loro, gli uomini armati. Spesso sono dei bambini, dei ragazzini, in mano hanno delle granate e un kalashnikov in spalla. Un giorno, uno di loro mi ha fermato e mi ha detto: "A tutti voi, voi africani, lo metteremo nel culo. E, *taf-taf*, vi ammazzeremo tutti".

19.

A Sabratha non c'erano tracce di Alhassane, così ho deciso: "Vado a Zawiya". Zawiya è vicino a Sabratha, a piedi, una notte. Di giorno non so quanto sia, perché non si può fare. Ti prende la polizia e ti porta in prigione, oppure ti spacca un osso, perché sei quello che sei.

Ho aspettato la notte. "Zawiya," ho pensato, e il sole è caduto.

Camminavo, sul ciglio della strada. Facevo tre cose: guardavo, avanzavo, mi fermavo. Guardare, andare avanti, fermarsi. L'ho fatto diverse volte.

Erano le cinque del mattino, non c'era nessuno, era tutto fermo. Alle sei ho iniziato a essere stanco. A un angolo della strada ho visto una moschea e davanti un albero. Non chiedermi che posto fosse. Era buio e c'era un albero, non ricordo altro. "Mi nasconderò lì," ho pensato. Mi sono accovacciato sotto l'albero e ho iniziato a controllare attorno a me. "Non c'è nessuno, chiuderò gli occhi." Tre secondi. "Apro gli occhi, non si sa mai." Nessuno. Ho chiuso di nuovo gli occhi e mi sono addormentato. Fino alle nove del mattino.

Quando mi sono svegliato, l'albero era ancora lì, vicino alla moschea. Non si era mosso e mi sono spaventato. In Libia, quando qualcosa sta fermo per molto tempo, non è un buon segnale. "Devo andar via," ho pensato, "sì, sono qui da troppo tempo."

Alle dieci del mattino, o alle undici, camminavo sotto il sole. Faceva caldo, un caldo che bruciava. Ogni tanto passava un pick-up e mi nascondevo dietro una cunetta. "Se n'è andato. *Allahu akbar.*" Di nuovo in cammino. A un certo punto, dei passi, dietro di me. Sì, dei passi. Ho girato la testa e ho visto un vecchio, che mi si avvicinava. Ho accelerato il passo. Sempre più veloce. Inutilmente. Due mani sulla mia schiena. Due mani e qualcos'altro. "Mi hanno preso."

Ha iniziato a parlarmi in arabo, "*barka lafi*". Io conosco poco l'arabo, ma se mi saluti, ti risponderò. "Mi scusi, non la capisco," gli ho detto, e mi ha chiesto qualcosa: "*Barka lafok?*". "No." "No?" lui. "No," io. Allora ha alzato la sua *guba* e mi ha mostrato il kalashnikov. Sì, così. La *guba* è un lungo gilet, che usano gli uomini. Il kalashnikov sai che cos'è.

Mi ha fatto salire su un *quatre-quatre*, non so se era una Golf o una Ford, non ricordo bene, ma era una macchina grande. Davanti portava diversi fucili e io mi sono seduto dietro. Mi parlava in arabo e io capivo ben poco.

20.

Una persona dietro di me ventiquattro ore al giorno, e io pancia a terra, vicino a una parete. Mi diceva di chiamare il mio paese e di chiedere soldi a qualcuno. "Io là non ho nessuno," rispondevo, ma non gli interessava. "Non ho padre, mia madre è un'umile contadina, dopo di me non c'è nessuno." Cercavo di spiegargli queste cose nel poco arabo che sapevo, ma a lui non interessava.

Era uno spazio grande circondato da mura. Dal cielo si deve poter vedere tutto.

A mezzogiorno il sole batteva a picco e scoppiava sulla sabbia. L'uomo che era dietro di me mi ordinava di mettermi in ginocchio: "Mettiti in ginocchio e apri le braccia". E mi lasciava lì, con le braccia aperte e una pesante pietra in ogni mano. "Se ti cadono le braccia, parlerà il fucile." "*Oke.*" E qui comincia il peggio.

Inizi a sentire il peso del tempo, le pietre iniziano a tremare. Le pietre e poi le braccia, le braccia e poi il petto, il petto e poi il collo, il collo e poi la testa, la testa e poi tutto. A tremare. E cadi a terra, sulla sabbia bollente. Il sole è acqua che ti brucia in bocca. Allora prende il fucile e ti colpisce dove sa che ti fa più male, *paf-paf-paf*. Ma questo non è niente. Questo, lì, è poca cosa. Per quell'uomo, torturarti è come dire "buongiorno". Se non ti uccide, "grazie mille" gli devi rispondere.

Ogni tanto mi dava una mezza scodella d'acqua. Allora mi entrava una gran sete in tutto il corpo e me la toglieva dalla bocca. Chiedevo altra acqua e mi prendevo uno schiaffo. Per togliere la sete. "Hai bevuto abbastanza." Una mezza scodella d'acqua.

Abbastanza per non morire. Perché quello era il suo obiettivo, che io soffrissi, ma non dovevo morire. Una volta morto non valevo più cinque centesimi, e non avrei chiamato nessuno pregando di mandarmi dei soldi. Per questo ogni tanto mi dava mezza scodella d'acqua.

Due mezze scodelle d'acqua, per tre giorni.

Ho passato tre giorni interi con una persona che mi torturava ventiquattro ore al giorno. Ma non ero il solo. Con me ce n'erano altri cento, o forse più di cento, non lo so, non li ho contati. Ma li sentivo. Uomini e donne. Bambini no. Le donne piangevano, e urlavano, tutta la notte, senza smettere. Quando una smetteva, iniziava un'altra, e poi un'altra ancora. E *au suivant*.

Tutti i nostri torturatori erano civili, non militari, gente come me e come te. Anche i torturati, uomini e donne, erano gente come me. Nessuno aveva fatto niente per trovarsi lì. Io ero andato in Libia a cercare il mio fratellino, tutti gli altri con il sogno di un *programma* per l'Europa. Ma a quelli che ci torturavano tutto questo non interessava.

Io non volevo parlarti di queste cose, perché quando le racconto comincio a vedere, davanti ai miei occhi, tutto quello che ti sto spiegando. Tu adesso sei qui, e mi ascolti, ma io sono di nuovo là, con la mia carne e, quando lo racconto, inizio a viverlo di nuovo. Per questo non avrei voluto parlarti di queste cose. Ma tu me l'hai chiesto e io ti ho risposto. E nel raccontartelo ho sentito di nuovo tutto.

21.

Alla fine, il vecchio che mi aveva portato in quel posto ha capito, "questo ragazzo non ha davvero nessuno che possa pagare". Allora mi ha tirato fuori da quel campo, mi ha fatto salire di nuovo su un lungo *quatre-quatre* e mi ha portato in un posto che non conoscevo. Un vicolo buio.

È arrivato un altro vecchio, uno nuovo. I due vecchi si sono messi a parlare davanti a me, ma io non capivo niente. L'arabo è una lingua difficile, soprattutto quello dei vecchi, perché parlano molto velocemente.

Il vecchio nuovo è rimasto a lungo a guardarmi, conficcandomi gli occhi per tutto il corpo, dall'alto in basso, dal basso in alto. Molte volte. Non mi ha chiesto niente, mi ha solo guardato a lungo. E io ero spaventato, perché tutti e due portavano il fucile. Non sapevo se mi avrebbero ucciso oppure no, non sapevo niente di quello che stavano facendo. Ma il vecchio nuovo continuava a guardarmi.

Alla fine, mi ha tolto gli occhi di dosso e ha iniziato a contare dei soldi, alcune banconote. Li ha contati uno a uno e li ha dati all'altro vecchio. In tutto trecento dinari libici. Anch'io li ho contati con gli occhi. *Au total*, trecento. E ho capito: "Questo vicolo è un mercato e i trecento dinari sono il mio prezzo". Sì, mi hanno venduto come una capra.

Il primo vecchio si è messo i soldi sotto la *guba*, ha messo in moto la macchina ed è partito. Così, senza nemmeno salutarmi.

22.

Quando dico vecchio, non so esattamente quanti anni avesse. Più o meno sessanta, o settanta, ma non posso dirtelo con precisione, non distinguo bene queste età. In Guinea è molto difficile conoscere qualcuno così vecchio. Ma posso dirti che il vecchio che mi ha comprato era più vecchio di quello che mi ha venduto, e anche la barba era più lunga.

Anche la macchina era simile, un *quatre-quatre*. Mi sono seduto dietro. Non mi ricordo di cosa abbiamo parlato, perché quel vecchio sapeva qualcosa di francese, ma io non avevo voglia di parlare. Era notte e il mondo era buio. E non sapevo dove stavamo andando. Forse, se glielo avessi chiesto, me l'avrebbe detto, ma non gliel'ho chiesto.

Mi ricordo che si è fermato davanti a un grande portone di ferro. Oltrepassato quello, siamo arrivati davanti a un grande edificio. Aveva le pareti di metallo. Era un hangar. Un hangar pieno di galline, e le galline non tacciono mai. Il vecchio si è avvicinato ad alcune mangiatoie e le galline lo hanno seguito, centinaia di galline. Tutte pazze. Ha buttato il mangime per terra e le galline hanno iniziato a beccare.

Poi è venuto da me e mi ha detto: "Vedi?". "Sì," gli ho risposto. "Questo è il tuo lavoro, dare da mangiare alle galline, due volte al giorno." Erano come dei piccoli piselli, gialli, come si chiama... *du maïs, voilà*. Mais. "Poi devi raccogliere le uova e metterle nei cartoni portauova." "*Oke*," gli ho risposto.

Mi ha detto che sarebbe venuto tutte le sere a prendere i cartoni di uova e a portarmi da mangiare, "altrimenti mangerai il mais, *oke*?". "*Oke*." "A domani," lui. "A domani," io. E sono rimasto lì, in un grande hangar, con centinaia di galline.

Mangiare con le galline, dormire con le galline, tutto con le galline. Ho fatto anche questo.

Mi svegliavo al mattino molto presto, lì non era facile dormire. Le galline iniziavano a cantare, e mi ricordavo di Alhassane. Allora mi alzavo, mescolavo il mais, lo spargevo a terra con una scodella e chiamavo le galline, *kotz-kotz-kotz*.

Poi iniziavo a raccogliere le uova. A volte riempivo trentacinque cartoni, a volte quaranta. Al tramonto veniva il vecchio, mi portava dei biscotti, del pane e succo da bere. "*Merci*," gli dicevo. Parlavamo un momento e se ne andava. Chiudeva la porta con due giri di chiave, sempre, *clac-clac*.

Il giorno dopo la stessa cosa, *koz-kotz-kotz*, raccogliere le uova, riempire i cartoni, dormire, alzarsi, *kotz-kotz-kotz*... La mia tattica era questa: "Farò tutto quello che il vecchio mi dice di fare e forse il suo animo inizierà a cambiare, si renderà conto che anch'io sono una persona e mi aiuterà". Ma molte volte pensi qualcosa e poi non si avvera.

23.

Sono rimasto lì nove giorni. Io e le galline, centinaia di galline. Tutte matte. A volte stavo tutto il giorno senza mangiare. Il vecchio veniva in piena notte e mi dava un po' di pane, *kotz-kotz-kotz*. Mi chiedeva se era morta qualche gallina e io gli rispondevo: "No, *tout est en ordre*". "*Oke*," e se ne andava. Prima di andarsene chiudeva sempre la porta con due giri di chiave, *clac-clac*.

Il decimo giorno è venuto al tramonto. Mi ha dato dei biscotti, un po' d'acqua e ha iniziato a contare i cartoni portauova: "uno, due, tre, quattro...". Non so fino a che numero ha contato, ma gli è suonato il telefono. Ricordo che le galline si sono spaventate. Il vecchio ha iniziato a gridare: "*Alo? Alo? Alo?*". Ha detto tre volte "*Alo?*" e poi è uscito correndo. Ha acceso la moto ed è sparito subito.

Si era dimenticato di chiudere la porta. Non aveva fatto due volte *clac*.

Mi sono subito reso conto della situazione, ma ho aspettato un po'. Venti minuti, trenta, quaranta, non so quanto tempo, finché mi sono fatto coraggio. Alla fine, visto che il vecchio non tornava, sono scappato, di corsa.

Ho visto alcuni alberi, un piccolo bosco e, dietro, una duna. Da lì sopra si vedeva tutto, anche le luci di una città. "Zawiya," ho pensato, "scenderò lì, andrò al *tranquillo* di Baba Hassan" e ho cominciato a correre, veloce, *yallah, yallah*.

Quando sono entrato nel *tranquillo* mi sono guardato alle spalle per la prima volta, e ho pensato: "Il vecchio è rimasto dietro, ma la paura no".

Da quella notte vivo così, con la paura che prima o poi il vecchio ricompaia. Perché so che se ci dovessimo incontrare, mi ammazzerebbe. *Taf.* Fuori. Non avrebbe nessun dubbio. Questa paura vive dentro il mio corpo, a volte me ne ricordo anche quando dormo. Vedo il vecchio, il vecchio e le sue galline, centinaia di galline. Tutte matte. Come lui.

24.

Ho girovagato due giorni per Zawiya, sono andato a chiedere in tutti i *campo*. Mostravo la piccola fotografia, "Sì, *miñan*, Alhassane. No?". "No." Senza risultati. Anche lì nessuno aveva visto Alhassane, così sono tornato a Sabratha, di notte.

Mi hanno aiutato due guineani. Abbiamo fatto la strada della montagna, per non incontrare il vecchio. "Altrimenti mi ammazzerà," pensavo, "sì, senza pensarci due volte."

Tornato a Sabratha, ho guardato in tutti i *campo*, nei due di Baba Hassan e negli altri sette. Anche in quelli c'era un grande *stock*, tutti migranti, tutti in attesa dell'avventura. Ma non ho trovato Alhassane. "Prova a Sirte," mi hanno detto, "forse è là, oppure a Tripoli, vai là e cercalo." Ma non ci sono andato, non avevo i soldi. Mangiavo grazie agli amici, allungavo la mano e mi davano un po' di cuscus.

Sono rimasto a Sabratha due mesi. Due mesi, a cercarlo. Finché mi sono sfiancato. Nello sfiancarmi ho iniziato a cambiare. E a un certo punto ho perso la paura di morire. Una notte, mi sono svegliato e ho pensato: "La vita ormai non mi interessa più. Preferisco la morte. Oppure *miñan*, Alhassane, ma se non lo trovo, preferisco morire”.

25.

Era venerdì.

Avevo dormito nel *tranquillo* di Baba Hassan ed ero appena uscito per andare alla moschea. La preghiera del venerdì per noi è molto importante, le altre puoi anche saltarle, ma quella del venerdì no. Così sono andato a pregare e stavo tornando al *tranquillo*, camminando per le vie secondarie di Sabratha. Con me c’era un amico della Guinea, un fula, si chiamava Dimedi. “Ibrahima,” mi ha detto. “Sì?” “Tu stai soffrendo molto qui, tutti ti nascondono una cosa e oggi vorrei parlarti di questo.”

Ho rallentato il passo e gli ho chiesto: “Di cosa?”. “Possiamo continuare a camminare?” mi ha pregato. “No. Chi mi sta nascondendo qualcosa? Se tu lo sai, per favore dimmelo.” “Sì, ho intenzione di dirtelo, ma mi devi ascoltare con molta attenzione. Quello che tengo nel mio cuore, tu lo devi tenere nel tuo.” Sono rimasto a guardarlo: “*Oke*,” gli ho detto, “comincia”.

E ha cominciato a raccontare.

“Tu sei venuto qui a cercare tuo fratello piccolo, vero?” “Sì.” “Io conosco tuo fratello piccolo. Siamo stati assieme molte volte, abbiamo dormito assieme, lui da una parte, io dall’altra, sotto la stessa coperta. Io non sapevo che avesse un fratello più grande, non me l’ha mai detto. Invece sì, vedo che tu sei davvero suo fratello, vedo come soffri da quando sei arrivato in Libia. Soffri per quel bambino.” Mi ha detto questo ed è rimasto in silenzio. Io avevo ascoltato con attenzione, stavo pensando. Uno, Alhassane è in prigione. Due, andrò a cercarlo, ovunque sia. Tre, lo tirerò fuori e torneremo a casa, in Guinea. "Tu sai dov'è?" gli ho chiesto. "No," mi ha risposto, "io non so dov'è, però so che c'è stato un *naufrage*."

Mi ha detto tutto in pulaar, eccetto quella parola in francese. Solo quella parola, *naufrage*. Era la prima volta che la sentivo, *naufrage*. "Mi puoi dire cosa significa questa parola?" gli ho chiesto. "Non è facile," mi ha risposto, "quando un barcone ha un incidente, tutti lo chiamano *naufrage*." "*Naufrage*?" io. "Sì, *naufrage*," lui. Ho pensato un po' e gli ho chiesto: "Questo significa che Alhassane si era imbarcato con un *programma*?". "Hai capito bene cosa voglio dirti, ma non ho finito. Alhassane non era solo, erano centoquarantaquattro persone."

Naufrage. Per la prima volta ho visto quella parola davanti ai miei occhi. "Centoquarantaquattro." Non pensavo che potessero starci tante persone su un gommone così piccolo. Avevo imparato due cose nuove quella mattina, e ho pensato che fossero abbastanza. "*Oke*," gli ho detto, "torniamo al *tranquillo*?" E siamo tornati a Baba Hassan.

Mi sono sdraiato sui cartoni, ho chiuso gli occhi e ho iniziato a pensare. Non capivo. "*Miñan*, perché volevi andare in Europa? Noi due non eravamo d'accordo così, ti avevo detto che dovevi continuare a studiare, ti avevo detto che avevi dei grandi occhi."

Sì, grandi occhi e quattordici anni, l'ultima volta che l'ho visto. Era un bambino.

Ho iniziato a scuotere un cartone e il mio spirito ha preso il volo. Quando il tuo spirito prende il volo è molto difficile trattenerlo. "Prima ho perso mio padre a Conakry, adesso mio fratello piccolo in Libia, come potrò spiegare tutto questo a mia madre?"

Alla fine il mio spirito è tornato, poco a poco, al suo posto. Ho pensato che centoquarantaquattro persone su un gommone sono troppe. “Sì, non è possibile.” Sono andato da un amico e gli ho chiesto: “*Mon frère,* secondo te è possibile che su un gommone ci stiano centoquarantaquattro persone?”. “Ibrahima,” mi ha risposto, “questo non è niente. In Libia puoi vedere anche centottanta persone su un gommone, *ça c'est tout à fait normal.*” “*Oke,*” gli ho detto e ho preso la fotografia dalla tasca. “Adesso dimmi la verità. Tu sei a Sabratha da molti mesi, hai conosciuto questo bambino?” È rimasto a guardare a lungo, prima la fotografia, poi me. E ha pensato molto prima di parlare. “No,” mi ha risposto, “non lo conosco.”

26.

Sono uscito da Baba Hassan per strada. Non c'era nessuno. Uno sparo. *Taf.* Non avevo molta voglia di continuare a vivere. Un pick-up. Quattro spari. *Taf-taf-taf-taf.* Nessuna paura. “Sparami pure, non protesterò, anzi, ti ringrazierò.” Perché io amavo quel bambino. Era l'unico obiettivo della mia vita, trovare quel bambino, proteggerlo e aiutarlo a continuare gli studi. Perché aveva gli occhi grandi, e perché era maschio. Così diceva mio padre, e anche mia madre, lo dicevano tutti: “Grazie a Dio è maschio”. Sì, ma c'era stato un *naufrage.* Centoquarantatré persone e con lui centoquarantaquattro.

Ma questo in Libia non è niente.

Terza parte

1.

In Libia c'è molto *stock*, i *tranquillo* sono pieni e le prigioni anche.

Taf-taf-taf, "un giorno vi ammazzeremo tutti". Così mi aveva detto un bambino, guardandomi negli occhi. Credo di avertelo già raccontato, ma non importa, te lo dico di nuovo, così non te lo dimentichi, perché tu sappia cos'è la Libia. Lì gli arabi sono belli, hanno la pelle chiara, ma il loro cuore è una caverna oscura. E il kalashnikov è il loro corpo. È lo stesso che sia un ragazzo o una ragazza, un vecchio o un bambino, tutti pensano *taf-taf-taf.*

Anche il mare li aiuta a essere così. Ma il mare non inizia sulla riva. Inizia nei *tranquillo.* Ogni *campo* che fa stock di migranti organizza i propri *programma*. Tu dai i soldi, tremila, tremilacinquecento, anche di più. Baba Hassan preferisce che sia di più. Allora ti aggiunge a una lista e, quando è completa, organizza un barcone.

Se il barcone non arriva in Europa, per lui è lo stesso, Baba Hassan ha incassato i suoi soldi. Se, prima di partire, i soldati ti fermano sulla riva, non importa, Baba Hassan ha incassato i suoi soldi. O se, prima di partire, ti spaventi e non vuoi salire sul gommone, è lo stesso, Baba Hassan imbraccia il kalashnikov e *taf*, uno sparo, e ti ammazza. Sì, un colpo è sufficiente. Lì è così.

Te lo spiego.

Il gommone è sempre di notte. Lo gonfiano sulla riva all'ultimo momento. Intanto tu aspetti, in un angolo. Finito di gonfiarlo, un libico ti dirà: "*Yallah, yallah*". "Svelto, svelto." È il momento di partire. A volte ti danno una *guba* corta, ma di solito le *guba* sono cento e in un *programma* ci sono anche centocinquanta persone, così almeno cinquanta persone partiranno senza niente. Ma in quel momento è tutto *yallah, yallah*, non devi fare domande.

Il libico inizia a spingere il gommone e accende il motore. Per te quello è un movimento strano, perché non sei mai andato sull'acqua. Forse non hai mai nemmeno visto il mare con i tuoi occhi, ma non è il momento di fare domande, adesso sei lì, seduto sull'acqua, ed è il momento di partire.

Qui c'è la Libia, lì la Tunisia e là l'Italia, in mezzo c'è solo il mare. E il mare è una tombola. Tu sai che molta gente non arriva dall'altra parte, ma il libico ti dirà: "*Yallah, yallah*". Anche se il mare è mosso, non importa, continuerà a spingere il gommone, senza preoccuparsi del tempo. L'unica cosa che gli interessa è riempire il gommone e, più gente c'è, meglio è.

Alcuni, spaventati, dicono di no, che non vogliono partire, e all'ultimo momento non salgono. L'arabo griderà: "Chi vuole salire, che salga, *yallah*" e chi si è spaventato rimarrà lì, nella sabbia, con addosso la sua *guba*.

È il primo che cade, *taf*, è sufficiente uno sparo. Lo uccideranno lì sulla riva, potrebbe reclamare i suoi soldi. E non deve tornare al *tranquillo* e cominciare a raccontare agli altri cosa ha visto in quel porto. Questo diffonderebbe la paura e Baba Hassan perderebbe clienti. E questo non è buono per Baba Hassan. Quindi i libici non obbligano nessuno a salire sui gommoni, ma chi non sale viene ucciso lì, davanti agli occhi degli altri, *taf*.

A volte penso: "Riuscirò mai a dimenticare tutto questo?". Perché la mente è come un armadio e, per metterci dentro una cosa, devi toglierne un'altra. Così le cose nuove prendono il posto di quelle vecchie. Ma io, qui, finché non decidono della mia domanda di asilo, non faccio niente. Non ho un lavoro, non ho amici, non ho niente di nuovo da mettere nell'armadio.

E i miei ricordi sono lì, non si muovono. E mi attaccano tutti i giorni.

2.

In famiglia eravamo due maschi, non tre. Due. Adesso sono rimasto solo io. Ho due sorelle più piccole e una madre. Ma a mia madre non posso chiedere aiuto. Quello che può fare un uomo non lo può fare una donna. A me hanno insegnato così. E, devo dirti la verità, in Africa non è la stessa cosa perdere un fratello o una sorella. Non dico la tristezza, ma l'angoscia. Quando dico angoscia, voglio dire responsabilità, la responsabilità di doverti far carico della famiglia. Questo lo so bene, perché dal momento che Alhassane è sparito in mare, sono rimasto solo io per continuare a lottare. Adesso sono condannato, come tanti altri.

Ma il mio luogo per lottare non era questo. Non era questo il mio destino. Né la Libia, né l'Europa. Io volevo vivere guidando un camion, da Cronakry a Nzérékoré e da Nzérékoré a Cronakry, e aiutare così la mia famiglia. Ma Alhassane se n'è andato di casa e ho dovuto partire per andare a cercarlo.

Se l'avessi trovato, mi sarei seduto accanto a lui e gli avrei parlato. A lungo. Gli avrei spiegato di nuovo le cose da quando siamo nati a oggi, e avremmo pianificato assieme il futuro. Lui avrebbe ascoltato le mie parole. Perché io sono il più grande dei due.

Comunque non l'avrei mai picchiato, come avrebbe voluto mio padre. O mia madre. Non ho mai picchiato neanche una volta il mio fratellino. Come mio padre aveva fatto spesso con me. Ma io non ero capace di fare come mio padre, e mia madre si arrabbiava con me: "Adesso la tua mano è la mano di tuo padre," mi diceva, "se fa qualcosa di sbagliato, lo devi picchiare, perché impari". "Sì, mamma," abbassavo la testa davanti a lei ma poi non lo facevo. Uno, mio padre aveva una lunga cintura e io no. Due, io non ho la forza di picchiare nessuno. Tre, io non sono mio padre. Così, mi sedevo vicino ad Alhassane e gli parlavo, come ora sto parlando con te.

Anche se l'avessi trovato, gli avrei parlato, una volta ancora. Parlare, anche con gli occhi. Così le parole non cadono.

3.

Per tre giorni non ho mangiato niente, né bevuto. Non potevo. Gli amici mi offrivano qualcosa, ma io: "No". Era il mio corpo o la mia mente. Non lo so. Perdevo l'equilibrio. E il passo. Mi sedevo per terra e pensavo: "Dove sono?" e non ero lì. Chiedevo: "Con chi sto parlando?" e non stavo parlando con nessuno. La gente era strana. Io ero strano. Le gambe. Le mani. Il corpo. Tutto strano.

Jaarama buy. Nella nostra lingua significa "grazie mille". Te l'ho già detto? Scusa, mi sto confondendo. Quando mi offrivano qualcosa, rispondevo: "*Jaarama buy*," e dicevo "*jaarama buy*" anche a chi non mi offriva niente. Parole strane, strano io, strano tutto. Così per tre giorni.

Il quarto giorno ho cominciato a cercare Alhassane.

"*Naufrage*," mi avevano detto, e "*naufrage*" era quello che avevo sentito. Ma io non potevo essere sicuro e ho continuato a cercarlo. Negli stessi posti, tra la stessa gente. Mi avvicinavo e mostravo loro la fotografia: "Sì, *miñan*, mio fratello piccolo, l'hai visto?". Poi chiedevo: "Tu credi che centoquarantaquattro persone ci stanno su un gommone?". Alcuni mi rispondevano di no.

Una settimana, dieci giorni. Due settimane, tre. Così. Bevendo il mare.

Sono diventato una persona diversa.

Uscivo per strada e dicevo: "Non ho intenzione di vivere, preferisco morire". Guardavo la vita e mi faceva schifo. Sono diventato matto. Sì, un pazzo, in giro per le strade vuote di Sabratha, a piedi. Sentivo gli spari, vedevo gli spari, senza preoccuparmi da dove venissero. Un'altra strada. Stop. I kalashnikov non mi facevano paura. Il desiderio di morire si mangia la paura.

Ma non del tutto. Per esempio, non volevo incontrare il vecchio delle galline, perché mi avrebbe ucciso subito. *Taf*. In Libia la morte è una cosa banale. E io non volevo dare al vecchio quel piacere. Ma volevo morire. O forse no. Non lo so.

Non sapevo cosa volevo. È difficile da spiegare, soprattutto a te, che non hai vissuto questo e non conosci la Libia. Ma sono diventato un'altra persona, non riconoscevo me stesso. Se un arabo mi diceva qualcosa, io gli rispondevo quello che mi passava per la mente e poi aggiungevo: "Adesso decidi cosa vuoi fare con me, se vuoi, uccidimi". Ma nessuno mi uccideva, allora gli mostravo la fotografia di mio fratello piccolo. "No?" "No." "*Oke*."

E continuavo a cercare.

4.

Emi è del Camerun, l'ho conosciuto a Sabratha, nel *tranquillo* di Baba Hassan. Adesso non so dov'è, non so nemmeno se è vivo. Forse sì, *inshallah*. È stato lui a tirarmi fuori da quel mare sporco della Libia.

"Ibrahima, tu stai lottando con dei fantasmi," mi ha detto.

Emi usava un'altra tattica con le parole, a volte era difficile capirlo. "Ibrahima, quello che tu cerchi non lo troverai mai," mi ha spiegato, "o forse adesso stai cercando qualcos'altro." "Non ti capisco, Emi," gli ho risposto. "Tu stai cercando una punizione," ha continuato, "qualcuno ti deve picchiare, o portarti in prigione e torturarti." "*Ah, bon?*" "Sì, tu porti il peso della colpa e hai bisogno di qualcuno che ti punisca fino a ucciderti, allora sarai a posto con te stesso, a posto e in pace." È rimasto in silenzio, tre o quattro secondi, e ha continuato: "Devi provare a vivere, Ibrahima, uscire da quel mare sporco che hai dentro e cominciare a camminare sulla terra, avere paura, sentire dolore, come tutti noi". "Tu non sai cos'è il mio dolore, Emi," gli ho risposto, "tu non hai perso un fratellino, come Ibrahima." "È vero," ha ammesso, "hai ragione e per Emi adesso trovare le parole è difficile. Te lo dirò in un altro modo: vuoi venire a lavorare con me domani mattina?"

Mi ha detto che conosceva un piccolo *chantier* a Zintan, vicino a Sabratha. I padroni erano arabi, ma non erano come gli arabi che conoscevo io. Gli avrebbe spiegato che io ero un suo amico e forse mi avrebbero dato un lavoro. "Devo pensarci, Emi," gli ho risposto.

È rimasto ad aspettare.

"Ci hai pensato?" "Sì, io non vengo in quel *chantier*. Emi, so da dove sono scappato e ho paura anche solo di vedere quella gente." "Ibrahima, lì non devi avere paura, lì nessuno ti picchierà, lì lavorerai e ti pagheranno." "Me lo assicuri tu?" "Sì." "*Oke*," alla fine ho accettato.

La mattina dopo sono andato con Emi al lavoro. Abbiamo passato tutto il giorno a spostare mattoni. Prendere mattoni e appoggiare mattoni, prendere mattoni e appoggiarli da un'altra parte. Quello era il lavoro. Quello e Alhassane. Quando dico Alhassane voglio dire la mia colpa, la mia apatia, *faute de négligence*.

Una notte, mi sono avvicinato a Emi e gli ho detto: "Emi, mi sono stancato di stare qui, voglio tornare in Algeria. Mi aiuti a trovare un passaggio?". "*Oke*," mi ha risposto.

5.

Sono tornato in Algeria con un pick-up, solo io. Io e un autista arabo. L'autista mi ha detto di salire davanti e così ho fatto. La cabina aveva i vetri neri, così chi è fuori non può vedere chi c'è dentro, ma tu da dentro vedi chi c'è fuori. Da quel Land Cruiser si vedeva tutto.

Lì, comunque, tutto è il nulla.

Solo il deserto. Sabbia e sabbia. Se oggi noi due andiamo là e tu mi chiedi: "Accompagnami in Algeria", io non troverei la strada. Vedrei il deserto ma non saprei da che parte andare. Gli arabi sì, gli arabi conoscono bene il deserto.

Prima di arrivare alla frontiera, il Land Cruiser si è fermato in un piccolo paese, Ghadames, e l'autista: "Scendi," mi ha ordinato. Così ho fatto. "Qui finisce la Libia," mi ha spiegato, "da qui in poi devi continuare a piedi." "*Oke.*"

Per me non era un problema, ero già passato da lì, dietro i due guineani, di notte. Sapevo come passare quella frontiera. Così, alle diciassette zero zero, ho preso acqua dalla fontana di Ghadames e mi sono incamminato.

Ho attraversato la notte da un estremo all'altro, nella sabbia, e con le prime luci del giorno sono arrivato in Algeria. Quando vieni dalla Libia, l'Algeria inizia a Debdeb.

Nella stazione di Debdeb, in un angolo, c'è una piccola fontana. "Andrò a pregare," ho deciso, e mi sono avvicinato. Prima di pregare, devi lavarti il viso, tre volte. Poi le mani. Anche le mani tre volte, piano piano, fino a toccare i gomiti. Poi viene la testa. E i capelli. Quelli bisogna bagnarli una volta sola, ma l'acqua deve entrare fino alla pelle. Alla fine, i piedi. Anche i piedi bisogna lavarli tre volte. *Voilà*. Adesso puoi andare a pregare.

Così ho fatto, per ringraziare Dio. *La Lybie c'est fini.*

6.

Più della metà dell'Algeria è deserto. Anche del Mali. Ma se cammini per uno o per l'altro ti rendi conto che non sono lo stesso deserto. Nel deserto del Mali ci sono molti cadaveri. Là, morire è più facile che vivere. Il vento ti avvolge il corpo e i piedi affondano nella sabbia. In Algeria la strada è tracciata, per i camion, per gli autobus, per i pick-up, per tutti. Anche per te. Una strada asfaltata attraversa la sabbia e ai lati ci sono dei piccoli paesi, paesi algerini. Case di fango, strade di terra, una moschea e una piccola fonte. Lì puoi riempire d'acqua il tuo piccolo bidone e continuare a camminare.

Ho camminato sei giorni per arrivare da Ouargla a Ghardaïa. Centocinquanta *kilo*, senza mangiare niente. Da bere, acqua. Ma questo per me non è un gran problema, perché adesso so che la fame non uccide una persona, e nemmeno il dolore. Per morire ci vuole un'altra tattica.

A volte inizio a pensare e mi chiedo: "Cos'è peggio, la fame o il dolore?". Poi faccio dei calcoli: "Per me fra i due vince la fame, sì, la fame". Perché la fame non ha vergogna, quando hai fame sei disposto a fare qualunque cosa pur di trovare da mangiare. Invece, quando senti dolore, puoi aspettare un po' e avere pazienza.

Ma non tutti i dolori hanno la stessa pazienza.

7.

Il mal di denti era iniziato a Zawiya, nell'hangar delle galline. E mi aveva seguito fino a Ghardaïa. Mi chiedevo: "Ma questo dolore non si dimenticherà mai di me?". E mi disperavo, perché il dolore non aveva limiti. Di giorno come di notte. Non riuscivo a dormire.

Ho cercato qualche medicina, ma non avevo soldi, e nessuno mi ha dato niente. "Passerà," mi dicevano, ma non passava. Avevo voglia di morire, sempre di più. Ho anche pregato di morire. Sì. Ho pregato. "Io non voglio rimanere qui. Perché? Se sei di là, sei morto," pensavo, "potrai stare tranquillo, nessuno ti darà fastidio, nessuno ti picchierà, nessuno ti insulterà. Inoltre, non avrai fame e non dovrai nemmeno bere acqua." Tutte queste cose pensavo.

Sono uscito per strada alla ricerca di un filo. "Ho bisogno di un filo," dicevo alla gente, "una corda sottile ma che abbia la forza di una grossa." Non mi capivano. E passavano davanti a me, come se io non fossi lì, come se fossi muto. "*Jaarama buy.*" Ho camminato un giorno intero per Ghardaïa alla ricerca di un cordino, ma niente. Nessuno mi ha ascoltato, nessuno mi ha dato niente.

Alla fine sono tornato al *tranquillo* di Ivu. Ivu è un ivoriano e lavora in un *tranquillo* di Ghardaïa. Sono entrato e ho visto un lungo tappeto, come quella moquette lì, ma un po' più lungo. Dai bordi usciva qualche filo, cucito male. Ne ho tirato uno con forza e si è sfilato intero. "Proverò con questo," ho pensato, e ho iniziato.

Uno, a un lato del filo ho fatto un nodo, *un nœud de tête.* Due, l'ho messo in bocca e l'ho teso bene. Sì, "adesso il dente è prigioniero". Tre, ho legato l'altra punta del filo a un piede, così. E con la gamba ho iniziato a tirare il dente. Prima a sinistra, poi a destra. Ho ripetuto più volte quel movimento. Il dente dondolava da una parte all'altra, come su un'altalena, ma non voleva uscire. "Ho capito," ho pensato e, lasciato il piede ben appoggiato a terra, mi sono alzato. *Crac.* È caduto a terra. Il dente. Con tutto il filo.

Il giorno dopo, una parte del mio viso ha iniziato a gonfiarsi come un gommone. Dalla guancia fino alla fronte. Non mi si vedeva più l'occhio. Era affondato, sotto la carne, prigioniero, non poteva nemmeno aprirsi. Sono rimasto così due o tre settimane. Alla fine, la carne ha iniziato a perdere aria e, poco a poco, il dolore della bocca se n'è andato.

Quando sono guarito, ho pensato: "Devo iniziare a lavorare". E mi sono diretto al marciapiede dove si cerca lavoro a Ghardaïa, quello che mi aveva mostrato il piccolo Ismail. Mi si è avvicinato un vecchio e mi ha chiesto se ero capace di mescolare cemento. Io gli ho risposto di sì, "*bien sûr*".

Ho passato una settimana a Ghardaïa, sudando, a mischiare cemento. Quel sudore mi ha dato forza. Quando dico forza, voglio dire intenzione di continuare a vivere. Ho iniziato a guadagnare qualche soldo e a capire che può esserci un posto anche per me in questo mondo.

Ma nel mondo c'è più di un posto, e uno che mischiava cemento accanto a me mi ha detto: "Ad Algeri c'è più lavoro di qui e pagano meglio". "*Oke*," l'ho ringraziato e, finito il lavoro, sono andato alla stazione.

Ghardaïa-Algeri, milleduecento dinari. Sono partito da

Ghardaïa alle ventidue zero zero e sono arrivato ad Algeri all'alba.

8.

Devo tornare un po' indietro, mi è rimasta una cosa da raccontare di Ghardaïa. Quello che voglio raccontarti non è facile da spiegare, ma per me è importante. Se parlassi come Emi per me sarebbe facile trovare le parole, ma io sono Ibrahima e ci proverò con le mie. Vediamo se mi capisci.

Prima di andare in Libia, conoscevo molta gente a Ghardaïa ma, quando sono tornato dalla Libia, molti non mi riconoscevano più. "Ibrahima è impazzito," hanno iniziato a dire. Io non dicevo niente, ma sentivo tutto. "Adesso Ibrahima è pazzo," così diceva la gente.

Prima io parlavo molto e scherzavo. Ma dalla Libia sono tornato muto. Avevo mal di denti. E di testa. Avevo mal di testa in tutto il corpo. Concretamente, due mal di testa. Uno, Alhassane, e due, mia madre. "Come posso spiegare la parola *naufrage* a mia madre? Come le racconto di Alhassane?" Quando iniziavo a preparare le risposte pensavo: "La vita non mi interessa più".

E non dicevo niente. Non facevo niente. Stavo seduto, o sdraiato. E sentivo: "Ibrahima è diventato pazzo".

Un giorno, un amico mi ha visto e mi ha detto: "Ibrahima, oggi ho saputo una cosa". Io: "Cosa?". "Ho sentito la gente del *tranquillo* che parlava, e dicevano che tu sei impazzito." "Sì," l'ho tranquillizzato, "è vero, non te n'eri accorto?" Mi ha risposto di no. "È così," gli ho spiegato, "è come ti hanno detto, io sono diventato matto, e allora? *Ça te pose un problème?*" "No." È rimasto in silenzio. Allora ho continuato io: "Ce l'hai una sigaretta?". "Sì." "Allora dammela, per favore."

Ho acceso la sigaretta e sono rimasto in silenzio. *Un fou*

c'est comme ça, non hai la forza per fare niente, non ti interessa la gente. Preferisci stare da solo.

Anche qui sono spesso da solo, e penso: "Come posso vivere con questa mia vita?". Ma mi concentro e inizio a guardarmi attorno, a sinistra e a destra. Mio padre diceva spesso: "*Quel que soit x*," tu sarai sempre in mezzo, ci sarà sempre qualcuno davanti a te e qualcuno dietro di te. La vita è così e non puoi mai dire: "Io soffro più degli altri".

9.

Vedi quel ragazzo lì, quello che sta seduto sulla sedia di legno?

Si chiama Ousmane, è arrivato qui a Irun due mesi fa. Qui in albergo crea sempre problemi, non è mai tranquillo. Non dice una parola in tutto il giorno, eccetto chiedere una sigaretta, solo quello, tutte le altre parole le ha dimenticate. Tutti dicono che è matto. Sì, matto. È facile dirlo. Ma io lo capisco.

Perché anch'io so cosa significa quando lo spirito inizia a girovagare, e quando se ne va è difficile farlo tornare di nuovo. Ci sono molte persone così. Io le ho viste. In Libia, in Algeria, in Marocco, persone perse, rassegnate, che preferirebbero essere morte, ma sono vive. Vive, senza sapere dove andare, senza sapere perché, anche qui è così.

Guarda, lì c'è Ousmane, pure oggi seduto sulla sua sedia di legno, lo vedi? Cosa starà pensando? Riuscirà a dimenticare tutto quello che ricorda?

Noi abbiamo visto molti cadaveri durante il viaggio. Alcuni nel deserto, altri nel mare. I morti stanno lì, noi continuiamo a muoverci. Questa è la differenza. Ma i nostri movimenti li organizza qualcun altro. "Vai là," ci dicono. E noi ci andiamo. "Vieni qua," e noi veniamo qui. Senza fare domande. E così passiamo le giornate. Seduti su una sedia a fumare una sigaretta. Finché ce ne offrono un'altra.

Il filo dell'equilibrio è molto sottile e si rompe facilmente. Per questo oggi mi sono seduto vicino a Ousmane e gli ho detto: "Non mollare, Ousmane, resisti". Ho cercato di scuoterlo, perché cambi atteggiamento. Ma mi ha risposto: "*Koto*, ormai la mia vita non si può più aggiustare". E sono rimasto in silenzio, perché io capisco Ousmane. Le sue parole e la sua mancanza di parole. Quella è una sofferenza che una persona non può sopportare.

Se ti capiterà di soffrire così, anche tu ti ammalerai. La tua mente ti lascerà su una sedia di legno e se ne andrà. Forse per sempre. La gente passerà accanto a te e dirà che sei pazzo. Sì, utilizzeranno la parola pazzo come se fosse una parola come le altre. È facile.

10.

"Tu hai bisogno di un po' d'amore, Ibrahima," mi ha detto un amico, "devi trovare una persona e prenderla per mano, questo ti legherà alla vita." "Lo so," gli ho risposto, "anch'io lo vorrei, e un giorno vorrei farmi una famiglia, è il mio sogno più grande. Ma adesso non posso, ho troppe preoccupazioni nel corpo."

Ed è così, la gente di qui non ci crede, ma da quando sono partito dal mio paese non ho più avuto una relazione d'amore. Non l'ho cercata. E non mi hanno cercato. *Tout simplement*. Quando ero nella foresta, ogni tanto mi si avvicinava una donna e mi chiedeva: "Ibrahima, andresti a prenderci un po' d'acqua?". Io: "Certo," le rispondevo, e andavo. Facevo tutto il possibile per aiutarla, ma se una cosa non la potevo fare, le dicevo: "No, questo non è possibile".

Se hai un proposito in testa, il tuo cuore si metterà in moto e lavorerà per questo, ma se non pensi a niente, il tuo cuore resterà muto, e il desiderio non scatterà. Quindi è vero, non ho avuto esperienze d'amore durante il viaggio, ma questo non mi preoccupa, *rien du tout*. L'unica cosa che mi preoccupa è la mia vita. Quando e dove rivedrò mia madre? E cosa penserà nel vedermi?

L'unica cosa che ho in testa è questa.

11.

...scusa, ho perso il filo. Dove eravamo?

...ah, sì, ad Algeri.

Sono rimasto ad Algeri un anno e tre mesi, nel quartiere di Birkhadem. Più o meno cinquecento giorni. Ho passato ognuno di questi giorni con tre compagni: l'acqua, la sabbia e il cemento. E tre indumenti: una pala e due guanti. I guanti me li sono comprati io, perché le mani mi si stavano consumando. Ma a Birkhadem non si consumano mai del tutto le mani, lì ogni giorno arriva sudore nuovo. Dal Mali, dalla Nigeria, dal Camerun, da tutte le parti. Tutti i giorni. Tutti migranti. Africani che hanno attraversato il deserto o siriani che scappano dalla guerra. La logica è molto semplice: se c'è lavoro duro da fare, lo farà il migrante.

A Birkhadem dovevamo lavorare seminascosti, perché non ci prendesse la polizia. Non uscivamo dal *chantier* neanche di notte, per precauzione. Dormivamo nascosti dentro degli enormi blocchi di cemento. Quello era il nostro letto, un pezzo di cemento. E la nostra coperta un pezzo di cartone. Al mattino ci alzavamo, pregavamo, ripiegavamo i cartoni e andavamo a lavorare.

L'unica cosa che conosco di Algeri è quel *chantier*. Nei paesi del Magreb noi non veniamo rispettati. Se entravo in un negozio per comprare qualcosa, mi cacciavano dicendo: "Qui non vogliamo animali". Camminando sul marciapiede, sentivo gli insulti. Oppure non dicevano niente, ma si tappavano il naso quando mi passavano accanto.

Nei paesi del Magreb l'umiliazione è costante. E non è solo da parte della polizia, anche la gente normale, persone come te e come me, a volte dei bambini. E tu non puoi far altro che accettarlo, non puoi dire niente.

12.

Algeri ha tre stazioni. Una dei treni, una dei taxi e una degli autobus. La stazione degli autobus si chiama Kharuba. Lì ho comprato il biglietto per Orano.

Algeri-Orano, ottocento dinari, sei ore.

Quando sono sceso dall'autobus mi si è avvicinato un uomo e, senza nemmeno un "Buongiorno" mi ha detto: "Se vuoi, ti aiuto io ad andare in Marocco, conosco bene la strada". Era un passatore, ma non era arabo. "*Je suis du Gabon*," mi ha detto, "ma sono anni che sto in Algeria." All'inizio mi ha dato fiducia ma, dopo avermi fornito poche informazioni, mi ha chiesto cento euro. "Questo è il prezzo del mio lavoro."

"Scusa," gli ho risposto, "io non pago niente finché non arrivo in Marocco." "Fanno tutti così," si è arrabbiato, "e tu farai come gli altri." "No," ho insistito, "se tu sei sicuro del tuo lavoro, è lo stesso prendere i soldi adesso o quando arriviamo." E gli ho mostrato i biglietti, cento euro in dinari algerini, in modo che vedesse che non lo stavo ingannando.

Ci ha pensato un po', poi: "*Oke*," mi ha detto, "partiamo oggi pomeriggio".

Abbiamo preso un treno, adesso non ricordo per dove, e siamo scesi in un piccolo paese, quarantaquattro persone. Tutti come me. "Da qui in poi continueremo a piedi," ha detto il gabonese e i nostri passi si sono persi tra le montagne. Allora ho capito. "Non salteremo nessuna rete, entreremo dall'Algeria in Marocco passando dalle montagne."

Mohamed Salah è una gola lunga e profonda. Noi lo chiamiamo *tunel*, i francesi *le canyon*. Chi soffre di vertigini non può andare in un posto così, perché bisogna camminare sull'orlo del precipizio. Lì tutto è pericolo. Una persona normale non è abituata a camminare in posti come quello. Nemmeno la polizia.

Abbiamo passato due intere notti seguendo il passatore. Di giorno ci nascondevamo nel bosco e, quando il sole spariva, riprendevamo il cammino. "I marocchini hanno dei fari potenti e controllano tutto dall'alto delle montagne," ci ha avvisato il gabonese, "bisogna fare molta attenzione."

A un certo punto, le montagne hanno cominciato ad aprirsi e abbiamo iniziato a vedere qualcosa sul bordo della gola, una luce sottile. Seguendo i suoi segnali, siamo arrivati a una stradina asfaltata. Lì c'era un vecchio minibus che ci aspettava per portarci a Oujda.

Stavo salendo sul minibus quando una mano mi ha fermato. "E i miei soldi?" mi ha chiesto.

13.

Da Oujda a Tangeri la strada è lunga, troppo lunga per farla a piedi. Adesso i miei piedi non sono più in grado di camminare tanto. Se partono, si ricordano del deserto e iniziano a gonfiarsi. Soprattutto il piede destro. Così mi devo fermare.

"La stazione è dietro quella piazza," mi ha detto un vecchio. "*Oke*," gli ho risposto, e ho preso un pullman per Tangeri. Non mi ricordo del prezzo, ma del tempo sì. Siamo partiti da Oujda alle nove e quaranta e alle diciannove zero zero siamo arrivati a Tangeri.

La prima notte l'ho passata in stazione, sdraiato su una panchina. Al mattino presto, un africano mi ha spiegato: "Qui quelli come te e come me vivono nella foresta". "*Ah, bon?*" "Sì." E sono salito fino alla foresta. Era tempo di *suumaye*.

Nella nostra lingua, *suumaye* significa "ramadan".

Nella foresta di Tangeri ogni comunità ha il suo spazio. Lì la Costa d'Avorio, là la Nigeria, il Camerun, e qui noi. Quando dico noi voglio dire la Guinea. Lì eravamo quasi tutti musulmani, ma nessuno rispettava il digiuno, era impossibile. Nel bosco si mangia quando si può, di giorno o di notte. La religione questo lo sa, e lo rispetta.

Nello spazio dei guineani, ognuno metteva cinque dinari e la sera qualcuno scendeva in città a prendere da mangiare. Era rischioso scendere in città, perché la polizia ci aspettava, ma vivere senza mangiare non è facile. Fa venire il mal di pancia. La fame non ha paura, quando hai fame puoi fare qualsiasi cosa. Quindi c'era sempre qualcuno che si avventurava. A volte, io. Al ritorno il fuoco era acceso e le donne cucinavano. Poi tutti mangiavamo, uomini, donne e bambini.

14.

Ti ho detto del mal di pancia. Anche quella è un'avventura, e io so cos'è.

Il mal di pancia non era iniziato a Nador, mi accompagnava già dall'Algeria. Non avevo mai provato un dolore simile da quando ero nato, e pensavo: "Quest'uomo non dura molto". Quando dico uomo, quell'uomo sono io, e anche il dolore sono io, dalla testa ai piedi. Ma soprattutto la pancia, dal petto fino alle gambe. Come se tu mi stringessi le budella con una tenaglia.

Ma a Tangeri o a Nador non potevo fare niente. In Marocco non è come qui. Qui mi hanno portato all'ospedale e il medico ha detto: "Questo va operato oggi stesso". Mi ha addormentato e mi sono svegliato con venti graffe sulla pancia. Avevo un'ernia allo stomaco. Ma in Algeria o in Marocco non puoi andare all'ospedale. Arrivato alla porta, ti sentirai dire: "Vai al tuo paese, questo non è il tuo posto". Quindi vivevo con il mal di pancia e pensavo: "Quest'uomo non dura molto".

Un giorno mi si è avvicinato un amico e mi ha detto: "Ibrahima, chiamerò un *marabout*". In Africa *le marabout* è una persona che conosce i segreti del Corano. I segreti del Corano e quelli del corpo, ma non è un medico, non è mai andato a scuola. Io gli ho detto di no: "Passerà". "No, Ibrahima," ha insistito, "io vedo il dolore nei tuoi occhi, e vado subito a cercare un *marabout.*" Dopo cinque minuti era lì. Io guineano, lui nigeriano. Io mal di pancia, lui *le marabout*. Mi ha fatto due o tre domande e ha iniziato con le sue *maraboutcheries*.

Uno, mi ha toccato la pancia. Due, ha mosso le braccia. E tre, ha chiuso gli occhi. Con gli occhi chiusi si pensa meglio. "Ibrahima, com'è il dolore?" mi ha chiesto. "Da quando mia madre mi ha messo al mondo, non ho mai avuto un dolore simile," gli ho risposto". "*Oke*. Per far passare questo dolore devi mangiare una pianta. Il nome della pianta è...", adesso l'ho dimenticato.

Aspetta, lo sapevo…

Non mi viene. È lo stesso. Inoltre io non avevo nessuna fiducia e gli ho detto che il mio corpo non era abituato a mangiare piante di quel tipo. "Ibrahima, questa è la tua medicina," mi ha ripetuto, "è quello che devi mangiare per guarire." "*Oke*," gli ho risposto, "grazie mille."

Ma non l'ho mangiata. Quando hai un dolore nel corpo, questo chiude le altre ferite e te le fa dimenticare. Io sapevo che, se mi passava il mal di pancia, un altro dolore mi avrebbe attaccato. "Alhassane, *miñan*." Ma per quel dolore non c'è nessuna pianta del bosco. Questo lo so anche senza essere un *marabout*.

Così il mal di pancia mi ha accompagnato dall'Algeria al Marocco. A Oujda è stato con me tre giorni, e a Tangeri molto di più. Anche a Nador. Ma io non potevo fare niente, là gli ospedali non sono come qui. Se sei un migrante, entri dalla porta e ti diranno: "Vai a casa tua, questo non è il tuo posto".

E la tenaglia continuerà a torcerti le budella.

15.

Sono stato a Tangeri tre mesi. Ventiquattro ore al giorno in allarme, sempre spaventato, con la paura di essere preso. La polizia entrava nella foresta quasi ogni giorno e scappavamo tutti su per la montagna, correndo. Camerunesi, maliani, ivoriani e noi. Tutta l'Africa, di corsa. Dietro di noi la polizia marocchina, che ci inseguiva con bastoni e insultandoci.

"Stop, *taburdimok*, stop."

Alla fine mi hanno preso. Due volte. Ho ancora le cicatrici. Vedi? Aspetta, tiro su un po' il pantalone. *Voilà*. Questa me la sono fatta quando, scappando, ho infilato la gamba in un buco e la polizia ha dovuto rompere la pietra con una mazza per tirarla fuori. Poi mi hanno svuotato le tasche, mi hanno messo su un pullman e mi hanno mandato a Tiznit. "Non tornare qui." "*Oke.*"

Invece sono tornato. Tiznit-Casablanca-Tangeri, ottocento dinari, quattordici ore. Ho fatto il viaggio in pullman, pagando. Perché la polizia marocchina mi ha insultato e picchiato con i bastoni, ma non mi hanno mai trovato i soldi. La borsa dei soldi sì, con la fotografia di mio fratello e un telefono Sony Ericsson. Ma i soldi no. L'avevo deciso: "Se muoio, questi soldi marciranno con me, non li troverà nessuno".

Solo io so dove li nascondevo.

Se vuoi, te lo racconto. Perché se no cercherai di indovinarlo e penserai una cosa sbagliata. Succede spesso. Quindi te lo racconto, così non ti sbagli.

Vedi questi pantaloni? Questi jeans? C'è una piccola piega sulle caviglie, lì sono cuciti due volte, ci sono due orli. A guardar bene, anche i tuoi sono così, credo che tutti i jeans siano così. Vedi? Quest'orlo si può aprire, togliere un filo e infilarci dentro qualcosa. Per esempio, banconote, arrotolate come sigarette. *Voilà*. Poi devi chiudere di nuovo l'orlo senza che nessuno ti veda, cucirlo con il filo, poco a poco. E lasciare i biglietti prigionieri, fino a quando ne avrai bisogno.

Così ho fatto io. E così ho pagato il biglietto per Tangeri.

16.

"A Nador i *programma* per l'Europa sono più economici." Questo me l'ha detto un maliano a Tangeri. Io ho calcolato: "Se là costano meno, tu che cosa ci fai qui?". Facevo fatica a crederci. Comunque sono andato a Nador.

Nador è più lontana dall'Europa rispetto a Tangeri, ma lì la foresta è molto grande. Matematicamente, non so quante foreste ci sono a Nador, forse otto, o dodici. Tutte le foreste sono uguali, ma ciascuna ha il suo nome, per esempio Afra, o Buzunbura. La nostra si chiamava Peau blanc. Sì, Peau blanc, non so perché.

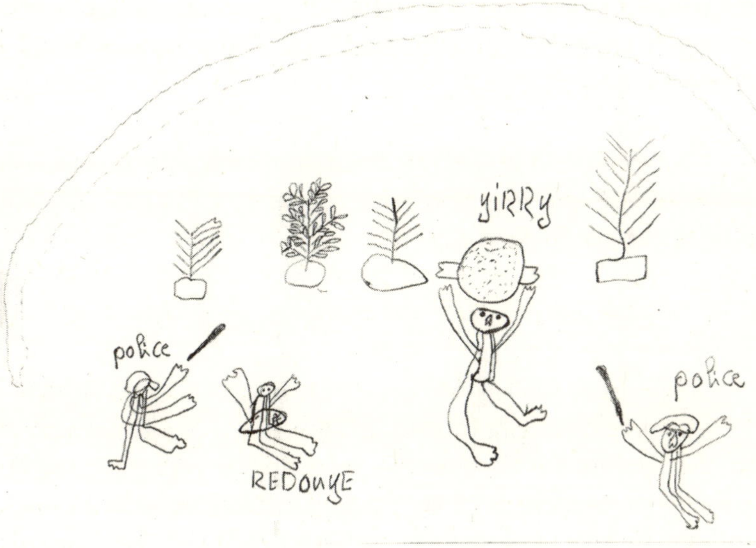

Alla fine, ho passato sei mesi nella foresta di Nador. Quello che i miei occhi hanno visto lì non è facile da spiegare. Centottanta giorni, senza fare niente. Lì tu sei un albero tra i tanti, ed è inverno. Pioggia, vento, freddo. E un cartone, o due. Sdraiarsi e aspettare, senza muoversi, come il freddo.

A volte viene la polizia. Allora lasci il cartone e te ne vai, di corsa. *Stop, taburdimok, stop.* Ma a Nador non è come a Tangeri. A Nador la polizia si stanca prima, e se ne va, fino al giorno dopo. "*Au revoir.*" Allora torni al tuo cartone e ti siedi. O ti sdrai, e aspetti, ed è inverno.

I trafficanti chiedevano quattromila euro, o tremilacinquecento. *Au mininum minimum*, tremila. E io avevo duemilasettecento euro. La *tombola* è cara, ed è rischiosa.

Molti, disperati, sceglievano un'altra miracolosa strada: *le ramer-ramer*. In quattro o cinque raccoglievano i soldi per comprare un piccolo canotto di plastica. Prendevano dei bastoni come remi e partivano. L'hanno proposto anche a me, ma io ho risposto di no. Pensavo: "Questo *programma* costa solo cento euro, ma è molto rischioso. Se nel canotto inizia a entrare acqua, *c'est fini*".

Poco tempo fa ho saputo che alcuni amici che ho lasciato nella foresta hanno perso la vita in mare. Ho ricevuto un messaggio con *Messenger*.

17.

Quando vivi nella foresta, a Tangeri o a Nador, è lo stesso, c'è sempre un'altra foresta, che non si vede, quella che ognuno porta dentro di sé. La gente sta zitta, nessuno racconta niente, ma se li guardi negli occhi, capisci che c'è qualcosa dentro di loro da cui non possono scappare. Perché è facile dribblare la polizia, ma non la coscienza.

Quando dico la coscienza, voglio dire la storia di ciascuno.

Io non avevo intenzione di intraprendere questa avventura. Io stavo imparando a guidare un camion e credo che, se avessi continuato ancora un po', presto avrei iniziato a lavorare. Con quel lavoro avrei potuto mantenere la mia famiglia senza andarmene dalla Guinea. Quello era il mio obiettivo. Ma mio fratello se n'è andato e il mio destino è cambiato.

Da Algeri ho chiamato mia madre. Era venerdì. Le ho spiegato che non avrebbe più visto Alhassane e ha iniziato a gridare piangendo. In quel momento mia madre ha pianto molto. Dopo non lo so. È finito il credito e non abbiamo potuto terminare la conversazione. Quando la telefonata si è interrotta, anch'io ho pianto, perché volevo molto bene a quel bambino. Alhassane, *miñan*. Io lo so che la sua morte fu colpa mia.

Per questo quando dico coscienza, intendo dire la storia di ciascuno. I sogni e le colpe di ognuno. Tutto assieme. Quando sei nella foresta, il passato è troppo lontano e il futuro non sai se esiste. E questo è quello che ognuno di noi, a Tangeri o a Nador, porta dentro di sé in silenzio, nella propria foresta.

Anche qui, la *coscienza* mi attacca tutti i giorni, e ho paura. Ho paura di perdere anche le mie due sorelle piccole. Rouguiatou e Binta. Prima che me ne andassi di casa, tra di noi c'era un movimento che è difficile da spiegare a parole. Ascoltavano le cose che dicevo loro ed erano sempre d'accordo con me. Però è passato molto tempo da quando me ne sono andato, e il tempo cambia tutto.

Per questo, quando posso, chiamo mia madre e le chiedo: "Mamma, le sorelle piccole stanno bene?". Allora lei passa il telefono e loro mi chiedono: "Ibrahima, ti ricordi di noi?".

18.

Se un giorno tornerò a casa, e mia madre e le mie sorelle saranno ancora là, vorrei raccontare loro tutto quello che sto raccontando a te. Perché anche loro possano capirmi almeno un po'. Perché non sanno niente. Il credito del telefono è corto e il mio cammino lungo. Ma se un giorno tornerò là, e loro ci saranno, mi siederò accanto a loro e gli racconterò tutto.

La vita non è facile da raccontare. Prima il Mali, poi la Libia. *Taf-taf*, e le torture. Sì, è tutto vero, così sono andato in giro alla ricerca di Alhassane. Ma lui si era imbarcato su un gommone e aveva preso il mare. Centoquarantatré persone, con lui centoquarantaquattro. Io non sapevo niente. Finché un venerdì pomeriggio, di ritorno dalla preghiera, mi hanno spiegato la parola *naufrage*. Allora ho capito, "*c'est fini*, Alhassane mi è caduto dalle mani".

Così, come questo fazzolettino di carta.

Racconterò loro tutto questo. E so già cosa mi chiederanno, perché non sono tornato a casa se il mio destino non era l'Europa. Anch'io me lo chiedo spesso, e non è facile da spiegare. Ma ci proverò. Uno, quando una colpa ti perseguita, è difficile trovare la tua strada. Due, una volta che sei arrivato in Marocco o in Libia, è troppo tardi per tornare indietro. La tua casa ormai è troppo lontana. Sei imprigionato tra il deserto e il mare, come un animale. E tre, non mi merito che gli occhi di mia madre mi vedano. Questo è quello che realmente penso.

Per questo, da un po' di tempo non prego più. L'ultima volta è stato quando mi hanno portato alla *tombola*. Sì, lì. Quando mi sono imbarcato senza la *guba*. Ho pregato, e ho pensato: "Se Dio vuole che io arrivi in Europa, arriverò in Europa. Se non lo vuole, mi perderò nel mare".

Anch'io.

19.

Yirri, nella nostra lingua, significa "riso" e *yedurne* una "donna che aspetta un bambino".

Era domenica, o sabato, adesso non ricordo. Io mi ero alzato alle cinque per andare a prendere l'acqua e le donne avevano preparato il riso. Verso le undici il pranzo era pronto. Ognuno di noi aveva la propria scodella in mano, stavamo aspettando, erano due giorni che non mangiavamo. Ma qualcuno si è alzato e ha iniziato a gridare: "*Doge-doge*". Ho girato gli occhi e ho visto i camion della polizia sotto la foresta. L'avevano circondata.

Tutti hanno lanciato in aria la loro scodella e hanno iniziato a correre. Io ho aspettato un po'. "Mi sono alzato prima degli uccelli per andare a prendere l'acqua, le donne hanno passato tutta la mattina a cucinare il riso, non lascerò tutto questo alla polizia." Ho preso una tela grande, ho fatto un nodo e ho collocato la pentola sulla testa. Questa tecnica me l'ha insegnata mia madre quando ero piccolo. Ho legato la tela e mi sono avviato a salti tra i rovi, con la pentola sulla testa, ballando. La polizia mi rincorreva, urlavano: "Stop, *taburdimok*, stop". *Taburdimok*, in arabo, è una brutta parola.

Quella volta ho avuto fortuna e non mi hanno preso. Credo che tutti gli uomini siano riusciti a fuggire. Le donne no. Questo, nella foresta, succede spesso. Le donne non possono lasciare indietro i bambini e mettersi a correre. Iniziano a legarli sulla schiena o li prendono in braccio, ma così perdono tempo. Quel giorno hanno portato via molte donne da Nador.

Dopo tre o quattro ore siamo tornati nella foresta e abbiamo trovato tutte le scodelle rotte in mille pezzi. La polizia le aveva distrutte con gli scarponi o con le pietre, in modo che non potessimo più mangiare. Allora uno del gruppo ha detto: "E dov'è il riso?". "Abbiamo lasciato qui la pentola, no?" "Quei *bunbula*, alla fine, riusciranno ad ammazzarci." *Bunbula*, nella lingua della foresta, significa "poliziotto".

Io ero nascosto dietro un albero e sentivo tutto. Quando sono uscito hanno iniziato a gridare, "*eeeeehhh, grand el-Haj!* L'hai nascosta? Viva Ibrahima il grande!". Ho appoggiato la pentola per terra e tutti hanno iniziato a mangiare con le mani. Come impazziti.

20.

"Io non ho tutti quei soldi".

Così dicevo ai trafficanti che venivano alla foresta a vendere *programma*. Pensavano che io mentissi, che mi rifiutavo di pagare il prezzo completo. Ma era vero, io tremila euro non li avevo. Sono arrivato a Nador con duemilaseicento euro. Così non ci mettevamo d'accordo e se ne andavano. I trafficanti e i *programma*. Tutte le volte. E non tornavano.

Non tutti i trafficanti erano arabi. Alcuni erano delle nostre etnie, gente che era partita per andare in Europa ma che, per istinto commerciale, si era fermata lì. Per lavorare nel commercio è molto importante avere un cuore piccolo. Questo non è un difetto, è una virtù, ma non tutti possono farlo. Forse poco a poco si impara, non lo so, io non ci ho mai provato.

Un giorno è salito alla foresta un tipo di nome Bahry. Era guineano e parlava pulaar. Anche lui voleva tremila euro come tutti gli altri, ma io gli ho spiegato il mio caso e lui si è preso il tempo di ascoltarmi. Mi ha detto che in quel momento non poteva aiutarmi, ma di lasciargli un po' di tempo, dieci giorni, o quindici, e mi avrebbe dato una risposta. "*Oke*. Io non mi muovo da qui."

Sono passati più di due mesi e non ho più rivisto Bahry. Mi aveva lasciato un numero di telefono scritto su un biglietto e lo chiamavo dal cellulare di un amico, ma non rispondeva. Alla fine ho rinunciato e ho pensato: "Adesso questa foresta è la mia casa, non uscirò mai da qui".

Credo che fosse mercoledì, forse giovedì, non sono sicuro, ma ho rivisto Bahry. È salito alla foresta con due marocchini. Stavano preparando un *programma* e cercavano clienti. Chiedevano tremilacinquecento euro e la gente cercava di abbassare il prezzo. Per esempio, tremiladuecento, oppure tremila. Ma quando la foresta è piena di gente, non è facile. Anche se tu dici di no, dietro di te c'è sempre qualcun altro. Il commercio è così.

Finito il giro, Bahry si è avvicinato a me e mi ha chiesto: "Come va?". Io: "*Jam tun*," gli ho risposto. "Ibrahima, non ho nessun *programma* per te, ma ho qualcos'altro." "*Ah, bon*, cosa?" "Se vuoi, puoi venire a casa mia e rimanerci finché non prepareremo il prossimo *programma*."

Siamo usciti dalla foresta, siamo saliti in macchina e mi ha portato al suo appartamento. Bahry vive in un quartiere di Nador. Una cucina, una camera da letto e una sala. Quella notte ho dormito su un divano e la mia schiena si è stupita molto. Erano più di due anni che si sdraiava su blocchi di cemento o per terra nella foresta.

Quando mi sono svegliato, ho preparato la colazione per tutti. Tutti erano Bahry e sua moglie. "Finito di fare colazione, pulisci la cucina," mi ha ordinato. "Tutti i lavori che in una casa fa una donna, qui li farai tu." "*Oke*," gli ho risposto.

Sono rimasto tre mesi senza uscire da quel piccolo appartamento.

21.

Una mattina, Bahry mi ha detto: "Ibrahima, ho preparato un *programma* per oggi. Ho pregato Dio che sia sicuro, e mi piacerebbe che ti imbarcassi anche tu". "*Oke*. Non ci sono problemi," gli ho risposto. Ci siamo messi d'accordo per duemila euro. Questo è stato il prezzo del mio viaggio. Duemila euro e il lavoro di tre mesi fatto in casa sua.

La sera mi ha portato in riva al mare. Il gommone aveva nove bocche per gonfiarlo, e tutti ci stavano lasciando i polmoni con pompe a mano e a piede, gonfiando, gonfiando, gonfiando, gonfiando. Ho ancora nelle orecchie il suono di quelle pompe: *ful-ful-ful-ful-ful*. Lì si fa tutto all'ultimo momento e in fretta. Gonfiare il gommone, attaccare il motore, prendere una bussola, e spingerlo in acqua. Parti. No, aspetta. Non ancora. Mi sono dimenticato una cosa.

La polizia marocchina ha dei grandi fari e controlla tutto dalla montagna. Hanno visto anche noi, che stavamo partendo, e hanno iniziato a gridare. Allora gli arabi hanno continuato a gonfiare senza prendere fiato, *ful-ful-ful-ful-ful*. In questo gli arabi sono bravi.

Il gommone bisogna gonfiarlo molto. Per precauzione. Perché a volte durante il viaggio inizia a perdere aria. E perché di solito porta più persone di quelle che dovrebbe. *Ful-ful-ful-ful-ful*. Noi eravamo in cinquantatré. Bambini, donne e uomini.

...attaccare il motore, prendere una bussola e spingerlo in acqua. Parti. Adesso sì. Sei nelle mani del destino.

Guardi ai quattro lati ed è tutto uguale. Il mare. E tu non ti sei mai seduto sul mare. A un certo punto il motore si spegne, perché il capitano ha cambiato marcia, o chissà perché, ma il motore si è fermato.

Hanno cominciato a tirare da un filo, tira, tira, tira, tira. Hanno tirato tutto il possibile. Alla fine il motore è partito di nuovo e siamo andati avanti, lontano dalla costa. Guardi di nuovo ai quattro lati e la stessa cosa: il mare, e tu non sai nuotare. A un certo punto si rompe la bussola.

Prima di partire, l'arabo ci aveva spiegato: "Se l'ago è tra lo zero e il quindici, siete sulla strada giusta, ma se va dal quindici al trenta, la direzione è sbagliata". Io non so cos'è successo, ma qualcuno ha detto: "La bussola si è rotta," e così siamo andati avanti senza numeri, senza sapere dove stavamo andando.

Ci siamo persi in mezzo al mare.

Lì, guardi di nuovo ai quattro lati ed è tutto la stessa cosa, il mare, e dall'acqua iniziano a uscire dei grossi pezzi di carne, *ohhhhh*. Salgono e scendono, *ohhhhh*. Qualcuno ha detto: "*Des dauphins*". Ma io non avevo mai sentito quella parola e mi sono spaventato, pensavo che mi sarebbero venuti addosso.

Ohhhhhh...

Il mio spirito se n'è andato volando. "Alhassane sarà partito una notte come questa," ho pensato. E mi sono ricordato di tutta la mia famiglia. Prima di mio padre, poi di mia madre e infine delle mie sorelle piccole, Binta e Rouguiatou.

Quando ti siedi sopra il mare sei a un bivio. Da una parte la vita, dall'altra la morte. Lì non ci sono altre uscite.

22.

Abbiamo passato tutta la notte alla deriva, in mezzo al mare. La gente ha iniziato a piangere, soprattutto le donne, ma non solo loro, anche il capitano. Era senegalese. Io non so chi l'ha nominato capo della spedizione. Aveva detto che conosceva il mare, ma un capitano ha bisogno di più forza nel cuore, deve dimostrare che è il più coraggioso, invece quello piangeva come un bambino. Così è difficile arrivare in Europa.

Io ho cercato di legare le ali al mio spirito, di non pensare più, ma non era facile. Vedevo il viso di mia madre davanti ai miei occhi. E pensavo: "Alhassane sarà partito in una notte come questa".

Il mare è molto vasto, come la notte. Ma la notte, se aspetti un po', ti lascia su una riva, e allora è giorno, viene la luce. Si vede di nuovo tutta la vastità del mare, e pensi, *impossible*.

A un certo punto, il gommone ha iniziato a perdere aria. Il capitano ci ha fatti spostare tutti da un lato e quasi il gommone si ribalta. Tutti hanno gridato, e dopo pianto. Anch'io.

La paura mi era entrata fino alle ossa. Lì, per l'ultima volta, ho guardato ai quattro lati e ho visto sempre lo stesso, ho pensato: *impossible.*

Alcuni indossavano una *guba* di tela, altri una camera d'aria di bicicletta gonfiata legata a tracolla. Io non portavo niente, e quello era un ulteriore peso sulla mia coscienza. Io avevo meno speranze degli altri, ho calcolato.

Le undici zero zero. Tutto uguale.

Le dodici zero zero, e mi sono messo ad aspettare la morte. Soprattutto quando ho premuto il gommone con le dita e mi sono reso conto che non c'era più aria, che era completamente sgonfio.

Le tredici zero zero, e tutto uguale. Continuavo ad aspettare la morte.

23.

Le quattordici zero zero, e un elicottero. Prima lo senti, poi lo vedi, alla fine ci credi. Sì, un elicottero.

A due ragazze vicino a me ho tolto la *guba* e ho iniziato ad agitarle in aria. A sinistra e a destra. A sinistra e a destra. Anche gli altri hanno fatto la stessa cosa. Quello era il nostro segnale. Tutte le *guba* danzavano sopra le nostre teste. "*À l'aide, à l'aide.*"

L'elicottero si è abbassato e ha cominciato a fare giri sopra di noi. L'elica faceva muovere il mare e il gommone quasi si ribalta. Stavamo tutti gridando, "*à l'aide, à l'aide*".

Ci hanno visto, hanno fatto dei gesti con la mano e se ne sono andati. Allora sono crollato. Mi sono ricordato di mia madre. “Sarà là, al villaggio, cosa starà facendo?” Quando l’elicottero se n’è andato ho perso ogni speranza di uscire vivo da lì.

Dopo quaranta minuti sono tornati. Prima l’elicottero, poi una nave. *Salvamento maritimo*. L’ho riconosciuta dal colore, perché me l’avevano spiegato nella foresta: “La nave che verrà a salvarvi avrà il colore delle arance”. Era quella. Abbiamo iniziato tutti a gridare: “*Boza! Boza! Boza!*”.

Questo grido è una cosa di noi africani. Si fa quando l’avventura in mare finisce bene. “*Boza! Boza! Boza!*” Nella foresta di Tangeri o in quella di Nador, quando si viene a sapere che un *programma* è arrivato in Europa, la notizia si diffonde subito: “Ieri cento persone hanno cantato *boza*”.

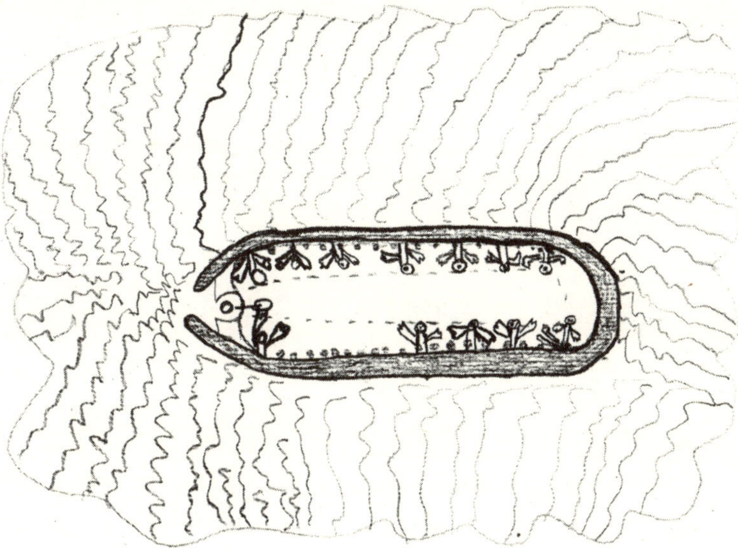

24.

La nave di salvataggio si è fermata vicino a noi e ci hanno lanciato una lunga corda. Prima hanno fatto salire le donne e i bambini. Noi gridavamo tutti, chiedendo il nostro turno, e dalla nave vicino ci dicevano: "*Tranquille, tranquille*". Io so molte parole di francese e ho subito pensato: "Questo significa che dobbiamo stare calmi". Allora mi sono calmato un po'.

È arrivato il mio turno. Mi hanno allungato la corda e mi hanno fatto salire sulla nave. Mi hanno dato acqua e una coperta. Ho bevuto un sorso e ho iniziato a piangere. Ho pianto come un bambino piccolo. Poi mi sono alzato in piedi e mi sono guardato attorno, per vedere da dove venivo.

Adesso lo so, il mare non è un posto dove sedersi.
E tu, tante volte evocato,
ti starai chiedendo chi sei.

    Tu forse sei il poliziotto
    che sta decidendo della mia domanda di asilo
    dietro la scrivania di una questura.
    Tu vedrai
    cosa fare con me.

    Oppure tu, forse, sei mia madre,
        Fatimatu Diallo
    ti ho rubato qualche parola
        scusa,
    non ti avevo ancora raccontato tutto questo.

O forse tu sei Fatumata Binta
o Rouguiatou
vorrei che tu sapessi
che Ibrahima non ti ha dimenticato.

                    Ma questo racconto ha altri tu,

tu sei Ismail,
tu sei Emi
ti chiedo se sei ancora vivo
e dove ti tiene la sorte.

O forse tu sei
quello che adesso sta attraversando il deserto,
o quello che sta nella foresta aspettando un *programma*,
tutta questa informazione è anche per te.

O tu sei quello che mi ha aiutato ad arrivare qui,
a Orano o a Irun,
quanti tu.

O semplicemente
tu sei tu
quello che sta leggendo questa poesia.

Ti chiederai
quel tu sono io?

Sì,
se vuoi,
quel tu sei tu,

ma io no,
io sono Ibrahima,
e questa è la mia vita.

Questo libro è dedicato ad Alhassane Balde

SALVAMENTO MARITIMO
ALGER
ORANO
TANGERI
NADOR
MOHAMED SALAH
OUJDA
MAROCCO
TIZNIT
GHARDAÏA
TAKIMAN
ADRAR
ALGERIA
REGGANE
BOROJ
55 Km
94
TAALANDA
MALI
KIDAL
GAO
GUINEA
BAMAKO
THIANKOI
SIGIRI
CONAKRY
NZÉRÉKORÉ
LIBERIA
MONROVIA
(WATAZAI)

SABRATHA
ZAWIYA
ZINTAN
DEBDEB
GHADAMES
LIBIA

Indice

"I Narratori"

Ultimi volumi pubblicati

Colum McCann, *Apeirogon*
Elisa Ruotolo, *Quel luogo a me proibito*
Rosario Pellecchia, *Le balene mangiano da sole*
Ma Jian, *Il sogno cinese*
Jonathan Coe, *Io e Mr Wilder*
Andrea Bajani, *Il libro delle case*
Susie Orman Schnall, *Adesso splendi*
Karl Ove Knausgård, *in Inverno*
Raven Leilani, *Chiaroscuro*
Carmen Barbieri, *Cercando il mio nome*
Chiara Bongiovanni, *Maschi e murmaski*
Emiliano Poddi, *Quest'ora sommersa*
Hanya Yanagihara, *Il popolo degli alberi*
Antonio Tabucchi, *Che ore sono da voi?*
Lorenzo Marone, *La donna degli alberi*
Giovanni Montanaro, *Il libraio di Venezia*
Erri De Luca, *Il peso della farfalla*
Isabel Allende, *Donne dell'anima mia*

Giacomo Papi, *Happydemia*
Karl Ove Knausgård, *in Autunno*
Maylis de Kerangal, *Un mondo a portata di mano*
Simonetta Agnello Hornby, *Piano nobile*
Eleonora Marangoni, *E siccome lei*
Dave Eggers, *Il Capitano e la Gloria*
Aki Shimazaki, *Azami*
Marcela Serrano, *Il mantello*
Dara McAnulty, *Diario di un giovane naturalista*
Matteo Righetto, *I prati dopo di noi*
Domenico Dara, *Malinverno*
Ottessa Moshfegh, *La morte in mano*
A. M. Homes, *Giorni terribili*
Mathias Malzieu, *Una sirena a Parigi*
Sarah Savioli, *Gli insospettabili*
Sarah Steele, *Il grand tour di Nancy Moon*
Martin Walker, *Il sapore della vendetta*
Banana Yoshimoto, *Il dolce domani*
Herta Müller, *La volpe era già il cacciatore*
Stefano Benni, *Giura*
Susan Abulhawa, *Contro un mondo senza amore*
Nicolas Bouvier, *La polvere del mondo*
Tito Faraci, *Spigole*
Federica Brunini, *La circonferenza dell'alba*
Tishani Doshi, *Giorni e notti fatti di piccole cose*
Paolo Rumiz, *Il veliero sul tetto*
Chiara Gamberale, *Come il mare in un bicchiere*

Ángeles Doñate, *La scuola sui binari*
Enzo Gianmaria Napolillo, *Carlo è uscito da solo*
Karl Ove Knausgård, *Fine*
Dina Nayeri, *L'ingrata*
Vanessa Montfort, *Il sogno della crisalide*
Gian Arturo Ferrari, *Ragazzo italiano*
Jeanine Cummins, *Il sale della terra*
Juan Gabriel Vásquez, *Gli informatori*
Arianna Cecconi, *Teresa degli oracoli*
Daniel Pennac, *La legge del sognatore*
Marc-Uwe Kling, *Qualityland*
Roberto Saviano, *ZeroZeroZero*
Etgar Keret, *Un intoppo ai limiti della galassia*
Léonora Miano, *La stagione dell'ombra*
Volker Kutscher, *Goldstein*
Virginia Woolf, *Flush*
Mateo García Elizondo, *Appuntamento con la Lady*
Giacomo Papi, *La riscossa dei radical chic*
Ingo Schulze, *Peter Holtz*
George Saunders, *Volpe 8*
Paolo Di Paolo, *Lontano dagli occhi*
Claudia Casanova, *Storia di un fiore*
Paola Masino, *Nascita e morte della massaia*
Isabel Allende, *Lungo petalo di mare*
Ugo Cornia, *Favole da riformatorio*
Janne Teller, *È la mia storia*
Martha Batalha, *Il castello di Ipanema*

Erri De Luca, *Impossibile*
Veronica Raimo, Marco Rossari, *Bambinacce*
Nicolas Barreau, *Lettere d'amore da Montmartre*
Dave Eggers, *La parata*
Mattia Signorini, *Stelle minori*
Kaho Nashiki, *Un'estate con la Strega dell'Ovest*
José Saramago, *Diario dell'anno del Nobel*
Elena Dallorso, *Signoramia*
Martin Walker, *L'ultimo segreto dei templari*
Charles Willeford, *Come di muore oggi*
Claudia Piñeiro, *Le maledizioni*
Ottessa Moshfegh, *Il mio anno di riposo e oblio*
Lorenzo Marone, *Tutto sarà perfetto*
Charles Willeford, *Come si muore oggi*
Enrique Vila-Matas, *Un problema per Mac*
Concita De Gregorio, *Nella Notte*
Claudia Piñeiro, *Le maledizioni*
Stefano Benni, *Dancing Paradiso*
You-jeong Jeong, *Le origini del male*
Daniel Kehlmann, *Il re, il cuoco e il buffone*
Guido Lombardi, *Il ladro di giorni*
Michele Serra, *Le cose che bruciano*
Susie Orman Schnall, *Le ragazze di New York*
Giovanni Montanaro, *Le ultime lezioni*
António Lobo Antunes, *Lo splendore del Portogallo*
Paolo Rumiz, *Il filo infinito. Viaggio alle radici dell'Europa*
Gioconda Belli, *Il giardino della memoria*

Andre Dubus III, *È passato tanto tempo*

Piersandro Pallavicini, *Nel giardino delle scrittrici nude*

Chiara Gamberale, *L'isola dell'abbandono*

Yoshida Shūichi, *Appartamento 401*

Simonetta Agnello Hornby, *La Mennulara. Nuova edizione rivista e accresciuta*

Kurt Vonnegut, *Il grande tiratore*

Giacomo Papi, *Il censimento dei radical chic*

Takis Würger, *Stella*

Mick Herron, *In bocca al lupo. La serie Jackson Lamb*

Enrico Ianniello, *La Compagnia delle Illusioni*

Alessandro Baricco, *I Corpi*

Jonathan Coe, *Middle England*

Pif, *...che Dio perdona a tutti*

Volker Kutscher, *La morte non fa rumore*

Aki Shimazaki, *Nel cuore di Yamato*

Chiara Gamberale, *Una vita sottile*

Amos Oz, *Finché morte non sopraggiunga*

Daniel Pennac, *Mio fratello*

Alì Ehsani, Francesco Casolo, *I ragazzi hanno grandi sogni*

Charles Willeford, *Tiro mancino*

Erri De Luca, *Il giro dell'oca*

Golnaz Hashemzadeh Bonde, *Un popolo di roccia e vento*

'Ala al-Aswani, *Sono corso verso il Nilo*

Luigi Lo Cascio, *Ogni ricordo un fiore*

Lisa Halliday, *Asimmetria*

Nicolas Barreau, *La donna dei miei sogni*

Maurizio Maggiani, *L'amore*
Banana Yoshimoto, *Le sorelle Donguri*
Sarah Haywood, *La felicità del cactus*
José Saramago, *Del resto e di me stesso*
Claudio Piersanti, *La forza di gravità*
Franz Bartelt, *Hotel del Gran Cervo*
Pietro Grossi, *Orrore*
Tara Westover, *L'educazione*
Christoph Ransmayr, *Cox o il corso del tempo*
Paolo Sorrentino, Umberto Contarello, *Loro*
Federica Brunini, *Due sirene in un bicchiere*
Davide Longo, *Così giocano le bestie giovani*
Marta Sanz, *Showbiz*
David Trueba, *La canzone del ritorno*
Paolo Zardi, *Tutto male finché dura*
Ottessa Moshfegh, *Nostalgia di un altro mondo*
Massimo Donati, *Giochi cattivi*
Barbara Fiorio, *Vittoria*
Maylis de Kerangal, *Corniche Kennedy*
Selahattin Demirtaş, *Alba*
Rocco Civitarese, *Giaguari invisibili*
Ed Sanders, *La Famiglia*
Mick Herron, *Un covo di bastardi. La serie Jackson Lamb*
Giuseppe Catozzella, *E tu splendi*
Malcolm Lowry, *Sotto il vulcano*. Nuova traduzione
Laurent Mauvignier, *Continuare*
Gioacchino Criaco, *La maligredi*

Louise Erdrich, *La casa futura del Dio vivente*

Lorenzo Marone, *Un ragazzo normale*

António Lobo Antunes, *Non è mezzanotte chi vuole*

Charles Willeford, *Tempi d'oro per i morti*

Matteo Fontana, *Il veleno dei ricordi*

Ángeles Doñate, *La posta del cuore della señorita Leo*

Cesare Sinatti, *La Splendente*

Kike Ferrari, *Da lontano sembrano mosche*

Rosella Postorino, *Le assaggiatrici*

Boris Pasternak, *Il dottor Živago*. Nuova traduzione

Harper Lee, *Il buio oltre la siepe*. Nuova traduzione

Volker Kutscher, *Babylon-Berlin*

Doris Lessing, *Gatti molto speciali*

Isabel Allende, *Oltre l'inverno*

Piero Colaprico, *La strategia del gambero*

Chiara Gamberale, *La zona cieca*

Daniel Glattauer, *Terapia d'amore*

Roberto Saviano, *Bacio feroce*

Jennifer Ryan, *Il coro femminile di Chilbury*

Simonetta Agnello Hornby, *Nessuno può volare*

Nicolas Barreau, *Il caffè dei piccoli miracoli*

Erri De Luca, Alessandro Mendini, *Diavoli custodi*

Alessandro Mari, *Cronaca di lei*

Yu Hua, *Il settimo giorno*

George Saunders, *Lincoln nel Bardo*

Karl Ove Knausgård, *La pioggia deve cadere*

Péter Esterházy, *Esti*

Martin Walker, *Grand Prix. Delitto Doc per il commissario Courrèges*

Charles Willeford, *Miami Blues*

Vanessa Montfort, *Donne che comprano fiori*

Banana Yoshimoto, *Another World*

Marco Balzano, Gianni Biondillo (a cura di), *L'agenda ritrovata. Sette racconti per Paolo Borsellino*

Daniela Mattalia, *La perfezione non è di questo mondo*

Emiliano Gucci, *Voi due senza di me*

Richard Ford, *Tra loro*

Cristiano Cavina, *Fratelli nella notte*

Chico Buarque, *Il fratello tedesco*

Stefano Benni, *Prendiluna*

Daniel Pennac, *Il caso Malaussène. Mi hanno mentito*

Giovanni Montanaro, *Guardami negli occhi*

Federica Manzon, *La nostalgia degli altri*

Rafael Chirbes, *Paris-Austerlitz*

Biagio Goldstein Bolocan, *Il traduttore*

Amos Oz, *Tocca l'acqua, tocca il vento*

Max Frisch, *Homo faber*. Nuova traduzione

Caterina Soffici, *Nessuno può fermarmi*

Ricardo Piglia, *Solo per Ida Brown*

Fabienne Betting, *Tanti baci dalla Mesmenia*

Mathias Malzieu, *Vampiro in pigiama*

Gianluigi Ricuperati, *La scomparsa di me*